会说话 时间

夏立君／原著

孙萃／编注

中国出版集团 东方出版中心

图书在版编目（CIP）数据

时间会说话 / 夏立君原著；孙萃编注. —上海：
东方出版中心，2023.8
ISBN 978-7-5473-2221-5

Ⅰ.①时… Ⅱ.①夏… ②孙… Ⅲ.①散文集—中国—当代 Ⅳ.①I267

中国国家版本馆 CIP 数据核字（2023）第 114371 号

时间会说话

原　　著　夏立君
编　　注　孙　萃
丛书策划　张爱民
责任编辑　黄　驰　刘　叶
装帧设计　钟　颖

出版发行　东方出版中心有限公司
地　　址　上海市仙霞路 345 号
邮政编码　200336
电　　话　021-62417400
印 刷 者　上海万卷印刷股份有限公司
开　　本　890mm×1240mm　1/32
印　　张　7.125
字　　数　180千字
版　　次　2023 年 8 月第 1 版
印　　次　2023 年 8 月第 1 次印刷
定　　价　36.00 元

版权所有　侵权必究
如图书有印装质量问题，请寄回本社出版部调换或拨打021-62597596联系。

说与不说（代序）

确定以"时间会说话"为书名时，我又想到，用"时间不说话"也一样啊。时间不说话，但水流花开、白发皱纹、顽石迸裂等等，都是时间的万语千言。

文集所收文章，半为近作，半为旧作。内容涵盖童年、故乡、古人、孤旅等。若说内容之间有什么联系，勉强答曰是时间与历史。这二者皆为人的生存背景，其余的只是觉悟不觉悟的问题、觉悟深浅的问题。

人生各个阶段对时间的感觉各不相同。儿童的时间缓慢又混沌，青少年的时间茫然又紧张，中老年的时间则迅疾又无奈。对历史则是另一感觉——年龄越大，感觉历史越近越短。儿童无历史感，青春年少时，会感到百年千年历史漫长到不可思议，年龄渐长就感觉历史渐近渐短了。三十岁时，年龄是三千年历史的百分之一，六十岁时就成五十分之一了。看来，生存时间与历史时间是互动的。此刻，我就感觉与数千年历史同在。数千年岁月在脑海里走马，且路程越来越短。

物理时间不存在品质问题，"个人时间"则必具特定品质，因为那些时间被你"使用"过了。

我从儿童少年时代起就喜读李白。我在《在西域读李白》中说：

  异域情调漂泊情怀充满李白所有诗文。李白是没有故乡的，或者说无处不是故乡。

  游侠李白奔腾而来，双脚和诗笔生动了大唐山水。

1

我在《李白的月亮出来了》中说：

　　李白的月亮出来了。
　　月亮似宇宙里一位最具有诗意的大漂泊者，她一出现，宇宙就成了一个大写意宇宙。
　　李白来过之后，月亮就不是从前的月亮了。

　　李白一直在我心中"成长"。
　　上篇写于二十世纪末，那时我在新疆。下篇写于近年，我在海滨小城日照。两文时间跨度二十年，我从三十多岁到了五十多岁，"个人历史"延长了一大截。我有何变化呢？或许已是面目全非，但具体变了些什么，说不清。"诗人者，不失其赤子之心者也。"（袁枚）赤子之心尚在否？李白没有故乡，但大唐山水乃至星空明月都是这赤子的故乡。作家或诗人，既应是一个不断革新自我的人，也应是一个不失童心并努力拓展其精神故乡与地理故乡的人。
　　时间不说话，时间却肯为一切作证。在时间面前，个人所能做的，大约只能是尽可能提升"个人时间"的品质。

夏立君
2023 年夏

编注者说

读《时间会说话》，虽说是一口气读完的，然而读得并不轻松。因为每每读过一段文字便要掩卷沉思，或是明明已经读到了下一篇文章，却忍不住要返回到前面，去寻找记忆中的蛛丝马迹，来核实自己是否真的已经读懂了夏立君的思想和情思。读《时间会说话》，我读出了一个葆有赤子之心的天真孩童，一个旷达超脱的流浪智者，一个背负着时代责任的文人学者，一个虽为芸芸众生中的一员，却在用自己的方式力图打破其他人的精神蒙昧的执着的表达者。

《时间会说话》关乎着人类生存的几大母题，比如生命，比如时间，比如自由。然而三者之间又确实有着密切的内在联系：生命是时间的过客，也是时间的见证，而自由则是每一个生命最根本的追求之一。夏立君的文字自然不会像我上述总结的这样浅薄。但他确实做到了将这些人人熟知却又无法言说的沉重主题，用充满生活气息和人生智慧的文字真诚而又自然地向我们娓娓道来，让人忍不住深陷其中，跟着他的文字去回忆、去思索、去感受。

《时间会说话》这本书共三辑，分别是《生命有初衷》《时间会说话》和《脚趾要自由》。在《生命有初衷》这一辑中，作者回顾了童年、回忆了家乡和几位已经故去的亲人。童年是每一个个体生命的起始。《从童年出发》写到了夜晚，有些故事只有在夜里才会发生，有些感受只有在夜里才能获得。一个站在人生出发点的孩子，在夜里感受到了全家人团团围住昏黄灯光的安适和情趣，也感受到了人在与其他生命搏斗时的轰轰烈烈和胆战心惊；在月色下，一扇神秘的大门为孩子敞开,孩子小小的心灵被世界填满,月光消除了他梦中的恐惧。或许就是这样,童年时期的一个个日升和日落编织出了一个生命本来的样子,同时也为这个生命后来的发展描绘了蓝图,让这个生命未来的延展有了方向。在《生命的初衷》中,我们看到孩童时的夏立君对乞丐生活的向往,而这则成了他未来人生的一种隐喻,成年后的作者从未放弃对变化和远行的追求,"仍然不时地向往浪迹天涯的生活",所以才会去丝路"游荡",才会用双足去丈量新疆。在《生命有初衷》这一辑里,我结识了克己的"傻子二舅"、生活在数字里的影子般的"娘"、传奇的草民"爷"。这些人都已故去,他们都经历过生命的苦厄,但他们身上都带有生命本来的样子,都有着人的纯粹,故而他们都没有违背生命的初衷。

在《时间会说话》中,作者将时间和历史,作为笔下各个历史人物重塑血肉的背景和舞台。这些个我们至今仍如雷贯耳,在中国历史上浓墨重彩的人物,在我们已知的历史事件中,在我们熟知的诗文中站了起来,他们情感丰富、他们有血有肉,他们有着最真实的欲望、悲喜、困惑和惶惧。作者一定是极其真诚地去了解过他们,真诚地或喜爱、或同情、或厌恶着他们,才会将这些历史人物的内心挖掘出来,使得他们如此鲜活地展现着他们的人生过往。所以,我们读到了"反工具性"魂归桃花源的陶渊明;结识了深受委屈、以身殉国又具有着"婢妾心态"的屈原;重识了有着豪杰的热情、王者的霸气、诗人的逸气的"赤子"诗人曹操;再会了来自异域的、与盛唐彼此成就的天才诗人李白……夏立君以史学家的实证精神探索着他们的人生,又用文学家的细腻笔触挖掘着他们的内心,再加上他洞察人性的智慧,于是夏立君的历史散文有了启迪心灵的力量。《一场关于无耻的比赛》让我们看到了体制之恶与人性之恶相互勾结而导致的体制与人性的共同坍塌;《李陵案的意外事件》让我们体悟到了司马迁以肉身的残损换来了精神的自由和独立,以肉体遭受阉割这一结局,掀起了反精神阉割的狂潮。在这一辑中,时间是冷厉的、是迅猛的、是无情的,然而正是因为有了生命,时间才具有了意义。人固然渺小,但在时间之箭的呼啸声中,亦需寻找自己的坐标、追寻生命的意义。

在《脚趾要自由》这一辑中,我们跟着作者深入新疆的沙漠、雪山与绿洲,游荡于丝绸之路上的街镇、山川和关隘,追随着作者的脚步去抚摸古树沧桑的树皮,到边塞吟诵边塞诗,在秦始皇陵完成一次与兵马俑的邂逅。夏立君到过的天地,从荒凉的沙漠到优美的草原到圣洁的雪山,都是野性的纯粹的天真未凿的。而这样的天地也深深地吸引着他的脚步,让他进行着精神、心灵的无限的"乞讨",获得无穷无尽的灵感与启示。

夏立君喜欢用"纯粹"这个词。他深爱的自然是"纯粹"的,他深爱的人也是"纯粹"的。我想,"纯粹"或许正是他的人生追求,他要在有限的人生中,去探索时间留下的种种话语,在洞悉自然与历史的密码后,诚恳地向读者倾诉最真实的自己。

我的这些介绍毕竟片面、浅薄,还请诸君亲自展读、亲自品味吧。一想到写出这等品质文章的作家,曾担任过十多年中学语文教师,亲切之情、崇敬之感便油然而生。相信你会在夏立君老师的文字中寻找到"纯粹"的自己。

目 录

第一辑 生命有初衷

1 从童年出发 ································· 3

2 生命的初衷 ································· 9

3 生命中的河流 ······························ 15

4 蟋蟀入我床下 ······························ 22

5 傻子二舅 ···································· 24

6 娘用她的影子 ······························ 31

7 你是我的爷 ································· 41

8 明天比今天少一天 ························ 50

单元链接 ······································· 54

第二辑 时间会说话

1 时间之箭 ···································· 57

2 人类是个"怀乡团"
　　——陶渊明何以有意义 ············ 66

3	独唱的灵魂……………………………………	79
4	作为诗人的曹操…………………………………	100
5	在西域读李白……………………………………	110
6	一场关于无耻的比赛……………………………	117
7	李陵案的意外事件………………………………	124
8	一个人的仪式……………………………………	135
单元链接………………………………………………		141

第三辑 脚趾要自由

1	怀沙………………………………………………	145
2	根…………………………………………………	153
3	大树………………………………………………	156
4	那拉提……………………………………………	161
5	大地卜辞…………………………………………	164
6	读边塞诗…………………………………………	177
7	绿洲深处…………………………………………	183
8	世纪末的落日……………………………………	188
9	手握冷兵器的微笑………………………………	192
10	我的丝路…………………………………………	196
单元链接………………………………………………		216

第一辑 DI YI JI

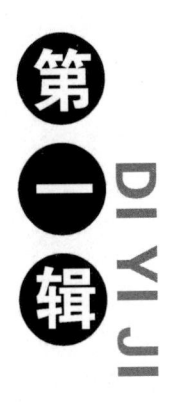

生命有初衷

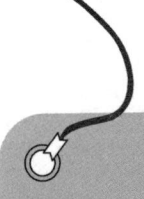

在你的人生字典里,生命有初衷吗?你能说出生命的初衷是什么吗?在时间面前,昨天、今天和明天有什么区别?夏立君的文章或许会解答这些问题。

虽然生活的年代不同,但是读《从童年出发》依然能够启发我们思考生命的起始;读《生命的初衷》,我们看到夏立君于孩童时期就在生命中种下的种子;克己的"傻子二舅"、生活在数字里的影子般的"娘"、传奇的草民"爷",一个个经历过生命的苦厄的人,提示我们生命本来的样子是什么。让我们"从童年出发",走进文本,阅读"生命的初衷"吧!

1 从童年出发

> 生命的初衷都是从童年出发的。

那时夜晚

夜幕降临了,沂蒙山腹地的这个村庄就沉入了寂寞和黑暗里。不需要光明的蝙蝠,像一块块破布在空中抛来抛去,它们吱吱的叫声,似乎是在宣布黑夜是它们的。

"洋油还有二指高,点上亮亮吧。"母亲拿起遍身油腻的灯盏端详着。她说的洋油就是煤油。

茅草屋里贮满了昏黄的光,全家人的眉眼在灯光里动着。父母在灯影里忙着他们白天没有干完的活计。我们兄妹七人则将这盏灯团团围住。大哥二哥读中学了,力气又大,我们几个小的自然不敢逞强。大姐二姐不上学,但夜里是她们忙全家人针线的时候,也需要特殊照顾。这样,分配到我和弟弟妹妹身上的光就极有限了。精瘦的弟弟在暗影里写作业。他用灰色铅条在石板上写下几个字,凑近灯光一照,说:看,这是什么字?精瘦的妹妹就大声喊:毛—主—席。弟弟又写了几个,妹妹又喊:人—民—公—社。

> 茅草屋,洋油灯,一大家人围在一起,是那时夜晚的美好回忆。

大人干完了活,命令熄灯。干完了活,就应熄灯,否则就是费油。他们认为亮灯与不亮灯,是一件大事。弟弟大喊：我吹，我吹。妹妹说：你吹你吹。弟弟毫无必要地使出巨大力气，吹出一股强劲的风，把比豆粒大不了多少的小小灯头吹灭了。大家摸索着上床。一个家和无数这样的家，就沉入了更加浓厚的黑暗里。

草屋外是庄严的无边无际的黑暗，草屋内人们在酣睡。骤然黑暗的草屋成了另一个群体的天下。

老鼠开始了它们的作业。白天，人类人多势众，热火朝天。到了晚上，形势就变了，轮着老鼠等生灵人多势众了。

在一家人的鼾声中，老鼠们上蹿下跳，战天斗地，肆无忌惮。如果有谁在半夜时分醒来，就会听到老鼠们弄出的各种声音：在土墙里挖掘的声音，在粮囤里蹦跳的声音，互相追逐厮打的声音，啃噬物品的声音，弄响了锅碗瓢盆或家中其他物件的声音。老鼠们很知趣，一旦弄出了不该弄出的特别大的声音，它们就会静一会儿。然后继续制造声音，继续它们热火朝天的生活。这几间屋里住着我们这一家人，却至少有着十家甚至更多家老鼠。黄土地面、黄土墙的草房，太适合人类与老鼠同居了。老鼠们很可能认为，一到夜晚，这个家就是它们的了。

家家户户有老鼠，田野里也有。白天，在生产队劳动时，我们展开了挖鼠窝比赛。一个窝就是一个老鼠家庭。我们挖出了不少老鼠。老鼠爹娘以及大点的老鼠，常常能从众多人民公社社员的围追堵截中成功逃跑，那些光溜溜的老鼠孩子，只好葬身在社员那无情的鞋底或锹锨之下。老鼠家里与人类家里一样，照例有不少粮食。这当然是它们从人民公社庄稼田里偷盗的。

突然,家中发生了惊心动魄的大事——一个不小的敌人趁最黑暗的时刻潜入了我家院子。最先惊醒的总是母亲,她大声朝全家人喊:快起呀,快起呀,快点,快点!父亲接着用强大的声音喊道:你娘的,看你往哪跑,看你往哪跑!好像父亲已经看见了那个敌人。这时,鸡的惨叫和人的喊声连成一片。父亲和我们奋不顾身地向院子里冲去。

现在全家人都知道发生了什么事:黄老鼠(即黄鼠狼)来偷鸡了。

黄老鼠早已逃得无影无踪。煤油灯又点上了,母亲小心翼翼用手遮着灯,来到鸡窝边查看鸡少了没有,有没有鸡负伤。父亲勘查偷鸡现场,来判断黄老鼠的大小及道业深浅。村民都认为黄老鼠的寿命极长,并能作祟于人。越老其道业越深,作祟能力越强。我们对偷鸡黄老鼠采取的措施一般就是加强防范,把鸡窝建得牢靠一些,睡前把院门关好,把阳沟口用石板堵好。但是道业深的黄老鼠总有办法进来,把鸡偷走。那一回,饱受黄老鼠骚扰之苦的父亲暗设机关,用竹筛扣住了一只黄老鼠。既然能被扣住,可以断定它的道业还不够深。但我们仍然不敢对它怎么样。我们看见它在筛子里贴着地皮翘着头,警惕地来回走动。它不断将柔软的像弹簧一样的身子拉长又缩短,好似对筛子外的这些庞然大物并不在乎。

父亲敲打着筛子,郑重发表演说:这回俺不杀你、下回再让俺逮着那可就非杀你不可,你们该在野外打食、不该到俺家里来,回去把俺这话好好跟它们

阳沟:农村院子里露出地面的排水沟。

也说一说,我们当社员的养只鸡不容易、你说是不是……

父亲揭开筛子,黄老鼠那柔软的身段便像一道闪电倏地窜到一边,又回头看了我们一眼,然后迅速从阳沟口逃出了院子。我们全家人用不无敬畏的眼光看着它离开,回到它们中间去。

我们与它们,它们与我们,关系很密切,又有神秘的界限。

那时月色

月亮升起来了。

> 月亮升起来了,诗意的开篇。

这是一件重要的事情。月光改变了一切,点亮了世间存在的所有奇迹。

月亮升起来了,它把非人间的气息压向人间。

月光的分量压在大地所有的事物上,所有事物好像都变成了月亮的一部分,这是月光的稀释和膨胀。月光下没有一种事物是浅薄的,所有事物都从月亮那里获得了一些分量,一些秘密。世界变得深不可测。

白天玩藏猫猫游戏的那片树丛,我现在连接近它的勇气都没有了。现在,它已经有了骇人的秘密。在有月光的夜晚,我必须把自己抓紧。

伙伴们坐在村外一座小桥上,没有行人,除了虫声水声,也没有其他什么声音。那片槐树林,差不多已落光了叶子。月亮静静地运行着,把许多星掩在它的背后。月光显示出宇宙有无限的层次和纵深。小小年纪的我们,就知道感慨世界的神秘和宏大。

在月色里，我们谈的常常是那个时代最重大的问题：美国、苏联、毛主席、勃列日涅夫、地球、宇宙、原子弹、航空母舰……我们坐在小桥上，好像是坐在世界的高处，或人类生活的环境之外。小小的心灵被无限和苍茫占满。在我们东北方向有一团亮光，这团亮光与月光有明显区别。那光是青岛的城市之光。青岛距我们有好几百里远，谁也没有去过那里，那是我们想象中的一个繁华世界。只有城市才有照亮一片天空的电灯，乡下只有煤油灯，只有月色。我们谁也没有离开过家乡，谁也没有去过城市。

世界离我们很遥远，但只要是有月光的夜晚，世界就充满了我们的心灵。

月光最显著的作用是令我看到了自己的影子。月光下的人影似乎是有厚度有重量的。月光洒满了我家所在的那条小巷，我要鼓起很大的勇气才敢独自穿过这条月光小巷。我跑起来，影子就一片慌乱，我慢慢走，影子就随之缓缓行。

在有月光的夜晚，大哥的梦话格外多。梦中的大哥拍着床板，一句接一句地说话，每一句都很清楚，声音比白天的说话声还要大，好像睡梦中的生活才是真实的生活。白天的经历被月光放大了，变得更鲜明更强烈。大哥偶尔会有梦游症。一个月光明亮的深夜，大哥从床上坐起来的声音把我惊醒，我说：哥，你干啥？哥说：干啥？不干啥。这样说着，就又躺下了。我打断了大哥梦游的计划。这时，从木格窗棂里射进来的月光，把我们的床分割成一条一条。早晨我把夜里的情景说给大哥听，大哥说：我咋不知道呢。

> 有月光的夜晚，给人无限想象的空间，也给人无比的勇气和力量。

> 月光下你看到过自己的影子吗？

> 从木格窗棂里射进来的月光，分明是诗，是梦。

我不梦游,我总是在梦里飞走。我抛下床与草屋,在天空飞。在梦中以我所不能控制的速度飞来飞去,而我又能看见我飞行的景象。梦中我知道结局一定是可怕的坠落。为避免那一结局的出现,我总是怀着强烈的一直往前飞的欲望,逼自己继续往前飞。但我还是落下来了,直直地,无可奈何地往下落。每回,总是不等落到地面摔死,就及时醒过来了。

我睁开眼睛。如果这个夜晚是有月光的夜晚,梦中的恐惧就会很快消逝,出窍的灵魂就会很快回来。

> 从童年出发的夜晚是有月光的夜晚,也是有梦的夜晚。

2 生命的初衷

> 生命的初衷是什么?

四十年前那些乞丐的形象,常常在我脑海里浮现。

在我只有几岁的时候,乡间常有许多走街串巷的乞丐。那是些真正的乞丐,是面有饥色的乞丐,是空着肚子走出家门的乞丐,人家的剩饭残汤,就是他们日里夜里的梦想。他们总是轮流在村里出现。有的几天来一次,有的几十天或更长时间来一次。那时,穷富的标准很明白,就是家中断不断口粮、挨不挨饿,所以打发不打发乞丐,给多给少,对每户人家、每个人都是一种考验。"打发"就是给点饭菜。给乞丐一口,就意味着自己少吃一口。那些无名无姓的乞丐形象,一个个印在我脑海里,那些与乞丐有关的生活细节、情景,是我童年记忆里最深的一部分:

> 打发,考验,量出一个人内心善的深浅。

我娘打发乞丐时,把那一点要付出的饭菜放在手里掂量的情景……

站在人家天井里的乞丐,眼神一下子转到我娘或他人手中那点饭菜的情景……

乞丐伸手接饭菜的情景……

苦苦哀告,人家就是不肯施舍一口饭,乞丐无奈从人家退出的情景……

有一对母子乞丐，身上补丁摞补丁，却干净整洁。母亲端庄，八九岁的儿子也生得虎头虎脑。在村头，母亲一面整理着要来的饭菜，一面嘱咐儿子。儿子背着讨来的果实与母亲分手了。儿子回家，母亲继续在外面讨。母亲望着儿子的背影，最后扬手嘱咐道：好好学习，别忘了把落下的课补上……

> 一对母子。

有位盲人乞丐，总是在黄昏时分独自出现在村里。这正是村民吃晚饭时光。他不上你家的门，而是在街上朝所有人"喊话"。他一面用竹竿探路，一面沙哑地叹息般地发出一长串吆喝。那独特苍凉的叫声，在沂蒙山腹地这个村庄回荡，也在我一生里回荡：

> 盲人乞丐。

　　日头落山了唉，
　　天这个时候了啊！
　　大爷大娘大叔大婶唉，
　　大哥大姐兄弟妹妹唉，
　　您也有吃着的呀，
　　您也有喝着的呀，
　　您也有刷锅的呀，
　　您也有刷碗的呀，
　　您可怜可怜俺这瞎了眼的人哪……

村民把这种盲人乞丐称作"叫街的"。"叫街的"无疑比普通乞丐更有趣更有看头。村童们会因此呼朋引伴：快来看叫街的呀！

这位"叫街者"，发声粗哑却有力，他可能已这样叫了几十年了。他似乎不是用喉咙在喊，而是用他

> "叫街的"的吆喝在村庄回荡，在我一生回荡。这一声声用命喊出来的独特苍凉的叫声，与生命的初衷有什么关系？

时间会说话

饥饿的肠胃、用他的命来喊。他只在村庄那条主街上喊,但家家户户男女老少每个人都不可能听不到。他的身体上不了你家门,他的声音却从大街到小巷,顽强地上门了。这种喊声,真是对一个人善良程度的考验。受不了这种喊声拷打的人家,就送一点饭菜出来。

我童年时第一个理想绝不是成为科学家或文学家,而是做一个流浪四方的乞丐。乞丐生涯引起我无尽的联想和向往,我一遍遍想象着自己走街串户乞讨的情景:每天的生活都是自由的新鲜的不确定的,走过一个又一个村庄,走进一户又一户人家,讨到了各种各样好吃的东西,勇敢地面对那些永远对着乞丐狂吠的狗……

在我的想象里,我当然是一位享受着自由生活的有尊严的乞丐。

村里来了乞丐,我常常就成了乞丐的尾巴,跟着他们一家一家地走。平时我没有借口随便到人家去,随着乞丐进去就不需任何理由了。

乞丐都来自远处村庄,近处村庄如果有人做乞丐,也是到远处乞讨。在近处乞讨的,往往是些自身无尊严意识也难以被人尊重的人。那时的乞丐,大都是能够令人尊重的,有的乞丐甚至令我心生敬畏。

我娘每当发现一张新的乞丐面孔,就常与人家交流一番。那种交流绝无施舍者与被施舍者的距离。那时,我娘是从乞丐的出没状况,来判断远远近近年景状况的。时常能听到娘或其他村民,以"打发不打发"乞丐为尺度来评价人:"某某家真行啊,就是不打发要饭的。"

有的人家,一听乞丐到来就关门,来不及关门就冷下面孔,绝不打发。这样的人家,总是大人孩子行动一致。有的人家,永远对乞丐开着门。这样的人家,也是大人孩子一致的。有一回,邻居家一个孩子听到要饭的来了,便跑回家关门,他奶奶打了他一巴掌,说:"要饭的来了就关门,不怕伤天理?老天爷能饿煞要饭的,还饿不煞你?"这个孩子以后再也不那么做了。老奶奶是这样的胸怀:在老天爷眼里,乞丐和我们是平等的。

有村民说:老夏家这个老三,就爱跟着个要饭的。

我娘有时也对我说:小三儿啊,跟着要饭的走吧,找个要饭的娘去吧。

娘不知道,她的小三儿内心深处的确是有这种愿望的。家里的生活并不比乞丐好,吃百家饭对我是有诱惑力的,再加上我对乞丐生活的理想化想象,做乞丐便成为我心目中一种凄美又有几分温情的生活。闭塞贫穷的童年里,乞丐生活寄托了我对外部世界的向往,还有蒙昧中对自我的想象性安慰。听到乞丐来到我家门口,我总是快速打开门,我心里盼着大人能多打发他们一点饭菜。我这样做的意识与动机,应当不仅仅出于善良。

有一年,家里实在太穷了。一天深夜,熄灯了,爹娘还在嘎啦嘎啦说话。后来,他们就认真探讨着是否出去要一段时间饭,并掂量着让哪几个出去。我们全家九口人,兄弟姊妹七人,我听来听去没提到我,就在被窝里大喊:我去要饭。传来爹娘的苦笑。我爹宽宏大量地说:啊,让小三儿去,让小三儿去。

不知何故，那一家庭乞讨计划并未实施，我的人生中便缺了真实的乞丐生涯。

1979年夏天，我高中毕业，将要参加高考。这可是一件大事。开考前夕，村里恰好来了一位算命先生，街坊邻居纷纷撺掇着让娘给我算一算。娘就狠狠心决定付出一点算命钱。算命先生对我娘说：儿子中，你家老三最有出息，走遍天下，吃遍天下。旁边一位快嘴大嫂说：那不是个要饭的吗？

> 撺掇：鼓动，怂恿的意思。

那位大嫂说得不错。在精神上，在心灵上，我的确就是个要饭的。揽镜自照，我差不多就是一副吃不饱的乞丐相、馋痨相，绝无富贵相。我追求工作生活的一次又一次变化，主动寻找一次又一次远行机会。时至今日，人到中年，还不时地向往浪迹天涯的生活。或许，这都根源于童年时的乞丐理想吧。<u>我的人生追求，是从乞丐出发的。</u>

> 人生追求从乞丐出发，生命初衷从童年出发。

这么多年来，不论我在哪里，我一直会留意那些流浪汉，那些脱离了常规、落入最底层，却似乎实现了某种自由的人。我想，如果我做流浪汉，或许会做得比他们有境界，更能把流浪生活的自由自在之美表达出来。

今日的乡间，已不见走街串巷的乞丐。乞丐都进城了。乞者与施舍者的关系也完全不一样了。不复昔日的乞讨景象了。再也见不到有尊严的乞丐了。在林立的高楼大厦之间，在香车宝马的缝隙里，在万丈红尘里，乞丐身边的几乎每一个影子都昂然而去。饭是能产生热量的，钱是没有温度的。今日乞丐的"幸福指数"，比四十年前大约差多了。是谁先麻木起来的？是哪些人老觉得自己就应该昂昂然,永远不肯向弱者低一下头?

我这个精神乞丐,乞讨已达半生。小时候,我清楚谁家对乞丐开着门,谁家把门紧闭。现在,我不清楚了。蓬门、柴门已变成了巨大的铁门、钢门、黄金门,以及看不见摸不着如鬼打墙一样的门。

不久前,我又回到我那沂蒙山腹地的故乡。无眠深夜里,想一想这四十年间左邻右舍的变化,不禁蓦然心惊:当年那些一听乞丐到来就关紧大门,或任凭乞丐苦苦哀告却不肯施舍一口饭的人家,往往难以过上好日子。特别重要的一个现象就是:其子孙也往往难以有出息。

道理在哪里呢?冥冥之中谁做主?

3 生命中的河流

> 流淌在生命中的河流,滋养着如水般流动的人生。

沂　河

我对那些生活在不靠山不靠水的村庄里的孩子,总是禁不住心生怜悯——没有水,看不见山,童心往哪里安放呢?

> 反问起笔,点明山水之于童心的重要。

而我是幸运的。沂河从遥远的山中,从我人生的起点,流进我的生命里。她是我生命中的原血活水。

我的家其实就是河的一部分。涨水时节,水甚至会爬上河岸,冲刷墙基那红红的柳树根须。河水几乎常年都是恬静的,清澈的。到了夜里,沂河会将她特有的水声送至我耳边。那种水声,在世上的其他任何地方都不会听到。条件太"苛刻"了——临河的土屋,粗糙的木格窗棂,泛着浓烈土腥味且多年未曾洗过的枕头,三四岁至十多岁的年龄,干瘦的小躯体躺在光光的苇席上,饿着肚子或胃袋里装着一些粗劣的食物,大脑里面则塞满了那个时代特有的革命口号,还有一位躺在另一张床上虽然年轻却整日气息奄奄的母亲。条件还有许多,只有那些条件都具备了,你才会听见那种声音。那种声音,你能听见吗?水在动,沙在动,河在动,天在动,地在动,我在

> 恬静、清澈的小河。

呼吸,我活着。

沂河知道我童心里的所有委屈和快乐。

沂河沙声地纯粹地歌唱着,奔流,奔流。

那是沂河的众声喧哗的时代,有各种鱼,各种鸟,各种昆虫。河流的母性意义不言自明,故乡的河就更是如此了。不论从哪个方向接近沂河,感受都是一样的:土地越来越平坦,空气越来越柔和湿润,鸡鸣犬吠越来越密集,你听见了水声,看见了宽宽的河床,看见生灵们在河上的狂欢。它们全是沂河母亲抚育的孩子。

1997年春节刚过,我不得不把将要远离沂河,远离沭河,赴新疆喀什支边的消息,告诉我那顽强活着的母亲。其时母亲正缠绵病榻,她不理解她的儿子为何要抛下她,走那么远那么久。我抚着母亲的病躯,找不出话来安慰她。我走到沂河里,在那里默默地待了很久,暮色降临时才回到母亲身边。母亲说:"又去河里啦?除了脏水,什么也没有了。我有多少年不去河里了?糊涂了,不知道了。"在沂河边过了一生的母亲,竟有很多年不去抬步就到的沂河了。

母亲的衰病令我伤心,沂河面目全非同样令我伤心。清澈的水流没有了,鱼类几乎绝迹,鸟鸣声难觅,仅存的物种在量上也少多了。有许多曾与我童年生活密切相关的美丽生命再也找不到了——它们可能已永远绝迹了。这个世界已不配那么美好的生灵活着吗?河水仍在流,但流动声不一样了,不是纯净的声音了,不是愉快的声音了,是哭泣的声音,是呜咽。

水边仍有许多孩子——这个世界上总会有许多孩子的。他们不下水,都穿着整洁,看上去比我儿时幸福多了。可是,他们对沂河会产生我对沂河似的爱吗?面对清纯的对象,人会产生清纯的爱,面对污浊的对象呢?这是一个残酷的事实——孩子们没有看见过从前异常美丽的沂河。

孩子们啊,这如何是好?

这令我更加向往沂河的源头了。天下的河都有一个清澈的源头,正如人有一个清澈的童年,母亲有一个清澈的少女时代。我没见过任何一条河的源头,但我相信天下的河是同源的,都源自一个高远清洁的地方。可是,谁还能向我指出一条称得上清澈的河流呢?她们流着流着,流了千年万年,流到今天,全都变节了。不是变节了,是被人们羞辱了。

我没法对母亲说这样的话:去遥远的地方,是为了寻找一条不变节的河流。

> 每个人的人生都有一个清澈的童年,正如天下的河都有一个清澈的源头一样。

> 河,也会变节吗?去寻找一条还没有被人们羞辱的河流!

沭　河

沭河是沂河的姊妹河。两河同源于沂蒙山,几乎是肩并肩走过沂蒙大地,走向山外的大海。她的形态与沂河也是相似的。

师专毕业那年,我不想回家乡去,天性中的漂泊愿望促使我想走得远一点。然而师专生的天空是狭窄的,想走远也走不远。我被分配到邻县一所中学。这所中学就坐落在沭河岸边。

我在她身边生活了十余年,她知道我青春的全部苦涩和欢乐。

> 漂泊,是生命的初衷吗?这愿望中的漂泊当不是以乞丐的身份了吧?

第一辑　生命有初衷

17

人不能两次踏进同一条河流。许多细节和话语，全都随流而逝。妻却一直在我的身边。沭河给了我最低限度的尊严和最高的奖赏。

> 所谓伊人，在水一方。

在水一方。我不知道有多少人的爱情是产生在水边的。《诗经》中的情诗常常与水有关。不过，那是三千年前的事了。如今，水边的爱情是越来越少了。

塔里木河

黄河，来到了塔里木河。

塔里木河是大地上最长的内陆河。她有庞大的水系。她接纳着来自昆仑山、天山、帕米尔高原的众多支流。我所在的喀什噶尔就是她上游水系所孕育的一个著名绿洲。

我曾不避艰险奔波数千里，从她的上游出发，去探看她的中游下游。她的形态令人伤情。她不同于世上的任何一条河流。在从库尔勒至若羌的千里长途中，在胡杨、罗布麻、红柳、梭梭等沙漠植物的簇拥下，她时隐时现，有神龙见首不见尾之势。我来到了她的下游，她已疲惫到了极点。水流细弱滞钝，几乎看不出是在流动。在短短半个世纪前，她还能流进浩瀚的罗布泊，后来她流进罗布荒漠，现在她连罗布荒漠也走不到了。在离昨日归宿很远的地方，她就脚步踉跄，力竭而死，如一声长长的叹息。

> 又是一声长长的叹息。

河流的样子表明河流都想走很远的路。世上河流的归宿总是一片大水——湖或者海，河流走到一片大水就没法再走了。我到达过很多条河的河口地带，看见河入湖入海的情景，那种开阔懒散的样子，仿佛表明那些河流的心情：不走了，这儿就很好。那些河流似乎寻找到了一个意义的汪洋。而塔里木河的心情是怎样的呢？她怀着强烈的想走下去的愿望却没法再走了。她生于雪域，死于荒漠。

塔里木河起自塔克拉玛干沙漠西南缘的雪山冰川，然后沿北——东北——东——东南——南这一方向艰难推进，几乎把三分之二的大沙漠拥进了怀里。这是一位怀抱伟大妄想的温厚坚强的母亲。这大约是人间一条负重最多的河。在世上最为寂寞的地方，她奋力挽起一条生命的长廊。莎车——英吉沙尔——喀什噶尔——巴尔楚克——轮台——库尔勒——若羌等，这些珍珠般的绿洲都是塔里木河孕育的。楼兰、米兰等古代绿洲则是这位母亲不得不舍弃的孩子。

我在喀什噶尔绿洲度过了三年时光。有塔里木河的三条支流从这个绿洲流过：吐曼河、克孜勒河（古称赤水）、叶尔羌河。与我关系最密切的是傍城而过的吐曼河。我所供职的中学就在河东岸，我每天要见她好多次。热爱河流的秉性促使我去探看她距城较远的河段。在我的维吾尔弟子阿布都带领下，我们溯河而上，很快就看见了蜿蜒于大戈壁上的吐曼河。河两岸没有一棵树，也不能说有草，却有一群羊，放羊的是位喀丝巴郎（维吾尔语称姑娘）。羊群索索前行，卷起漫天尘土，煞是壮观。羊吃什么呢？原来它们在寻觅从远处刮来的树叶，也小心地啃食骆驼刺较嫩些的尖部。羊也吃骆驼刺呀？我一直以为羊只吃草——我这样说道。骆驼刺也是草呀——阿布都笑着纠正我。我这才恍然大悟——骆驼刺本来就是草呀。我早就发现,在南疆沙漠地带做头牲畜,也要比其他地方的牲畜更坚强一些才行。

传来了幽幽咽咽的歌声,是那位牧羊姑娘在唱。在喀什城乡,我每时每刻都能听见各种各样的维吾尔歌吹,对此差不多已经漠然,但这姑娘的歌声却特别,我想,这其中一定有深情的内容。我对弟子说:"你听,她唱的是什么意思?"阿布都凝神听了一会儿,说道:"这是木卡姆组曲中的一段,歌词大意是:你的生命,我的生命,不都是一个命吗?为了你的愿望,我愿为你去死亡。"停了一下,阿布都将最后一句修正为"我愿为你去牺牲"。我知道木卡姆是维吾尔人有名的土风歌舞,几乎全是对爱情的向往与歌颂。这就是几句关于爱情的誓言,它深深地打动了我。这之后,我又走过一段很远的路,一直走到新疆最西南角的塔什库尔干塔吉克自治县,然后沿中巴公路走到了国境线,来到红其拉甫口岸。世上最为清澈的河流终于让我看见了——她就是塔什库尔干河。她源自雪域,由南而北,流入叶尔羌河,叶尔羌河又流入塔里木河。她流经的全程,海拔大都在 4 000 米以上。我从喀什出发来到这里要跋涉四百多公里,每一公里海拔就上升 7 米多。这真可说是一片净土,高原,雪峰,激流,无不纯净。我终于摆脱了人类制造的所有垃圾的污染。在这样的地方奔流,她的愉快心情一望而知:水量不大,冰凉彻骨,但激情奔放,婉转自如,她天真,她无畏,重要的是她清澈,彻底的清澈。从地图上判断,她可能就是塔里木河的正源。

这位雪域少女,后来成长为一位坚强的母亲。

　　我的生命,你的生命,不都是一个命吗?为了你的愿望,我愿为你去牺牲。

塔里木河,你教我追求清澈与坚强。

好好看一看那些河流吧。人们似乎忘了,人类就是在河流的供养教育下长大的。我爱这些河流,清澈的我爱,污秽的我也爱。污秽不是河的错,是你的错,是我的错,是我们的错。那不是河的污秽,是你的污秽,是我的污秽,是大家的污秽。

我的河流,你的河流,大家的河流。我的就是你的,你的就是大家的。你不清澈,我不清澈,这世界如何才能清澈?

清澈,从你我做起。

4　蟋蟀入我床下

> 以诗入题。

秋夜,窗外落着小雨。

> 落笔不写蟋蟀,先写秋夜小雨。

一只小灰蛾扑落灯下,又笨拙地跃起,抱着白炽灯泡扑棱棱乱飞。这大约是世上最没头脑的昆虫,既无野性,又乏灵性。没有蝴蝶的美丽,没有蜜蜂的智慧,没有蝎子蜈蚣的个性,连苍蝇蚊子的无耻也没有。眉毛胡子满脸,你分不清它的五官在哪里。灯泡不是火苗,此刻,它连"飞蛾扑火"的滑稽剧也上演不成。

> 还是不写蟋蟀,却从小灰蛾写起,有趣。

我飞起一指,将这个勉强可称为生命的东西弹到书桌后面去。

我耳边倏然响起翅膀刮削空气的声音,微细而锐利。我还没来得及分辨,一只蟋蟀便啪地落下。这是一种令人心悸的生灵,我不敢轻视它。纯然淡褐色的躯体,简洁的羽翅,修长的须。静若处子,动如脱兔。头颅方正,又似一位不卑不亢的勇士。它静静地停在我展开的书页上,与我对视。我知道我眼中的异类是异类,异类眼中的我该是什么?

> 倏然来了一只蟋蟀,犹如忽然来了个李太白。

它的眼睛极其细小。我屏气凝神。我的眼神似与它的眼神相接。它的眼神幽幽的,冷冷的,似能洞察一切。我心惊胆战。它似从地底看人。它看见了我的白骨吗?

我急忙伸出温热的双手,企图讨好它。但它拒绝我的温暖,只一下,就跃下书桌,藏进壁角的罅隙。

那只被我弹到桌下的小灰蛾这时却又爬上了桌面。它蠕蠕地动着,一点一点爬进晕黄的灯影里,在那儿瑟瑟发抖。望着它,我发出无奈苦笑。

忽然,从蟋蟀藏身的壁角,传出那种磨砺灵魂般的鸣声——瞿瞿,瞿瞿,瞿瞿瞿……你仔细地听吧,大有深意呀。幽怨如埙,深情似箫,沉静若琴,堪称金声玉振,砭人肌骨。

> 曾经,"蟋蟀入我床下"是诗;而今,"蟋蟀入我床下"是实。
>
> "蟋蟀入我床下"告诉了我们什么?是生命的初衷吗?

七月在野,八月在宇,九月在户,十月蟋蟀入我床下。

——《诗经·豳风·七月》

蟋蟀鸣,懒妇惊。

——民间谚语

好厉害的蟋蟀。它步步进逼,深入我的私人领地,它逼得我无处可逃。

儿时,我玩过斗蟋蟀。它是儿时的那一只吗?肯定不是了。但与儿时的那一只,与《诗经》里的那一只,又有什么区别呢?

千年,万年,蟋蟀的鸣声自历史深处传来。先人早就听懂了它的启示。

深夜,我醒来,又听见那鸣声——瞿瞿,瞿瞿,瞿瞿瞿……空气是温馨的,妻女的气息是温馨的,而蟋蟀——这没有红色血液没有温暖体温的生灵,却在顽强地提醒我:秋风,秋雨,落叶,生命,坟墓……

蟋蟀入我床下。蟋蟀在床底下说:你心惊了没有?

我复归宁静,又沉入了梦乡。

> 蟋蟀鸣声的幽怨沉静与秋的萧索寂寥相一致,激起了先人关于生命零落的感伤,也提醒着今人思考生命最终的归宿,故而惊心。感受细腻奇妙,让人感同身受。

5　傻子二舅

> 去世,是意外;没有人告诉我,更是意外。

二舅意外去世了,老家那边却无人把这消息告诉我。二舅活着时已"轻如鸿毛"了,他的死,就好比鸿毛被丢进水里,激不起半丝涟漪。

2009年9月底,我驱车自日照回沂蒙山区的老家,暮色苍黄时分进了家门。爷娘正在灯下吃晚饭。年已80的老娘稍一定神,冒出句话:你二舅,没了!

没了,就是死了。

> 一个草民的死,平凡之又平凡。

爷唉了一声说:你看你大舅这命,这命有多么薄,连个嘞巴兄弟也担不住呀!

沂蒙山人称智障者为"嘞巴"。二舅死了,爷不感叹二舅命薄,却感叹大舅命薄。这是舅家的现实决定的。大舅与二舅的关系不像兄弟关系,却类似君臣关系。君为臣纲,二舅的一切是从属于大舅的,二舅的死首先是大舅的损失。

这才知道,二舅死去已一个多月了。我上次回老家后不久,二舅浇菜时溺水身亡,虚岁66。聊以自慰的是,那次回家我也去了舅家,见到了大舅二舅。自从我在外求学工作以来,去舅家的次数很少,一般回老家过年时才去。那回去舅家,是因大舅有病。我回味着最后见到二舅的情景,回味着他的神情话语,心里很不是个滋味。这样一个人,最后是这个死法,用娘的话说就是:老天爷不长眼啊。这一顿饭,我与爷娘谈的全是二舅和舅家。

我心里很早就这样想,舅家可真是中国最典型的草民,二舅则是草民的草民,或者说是连一般草民资格也没有的"草民"。

极言二舅之卑微。

姥爷兄弟六人,姥爷是老四。我没见过姥娘,姥爷39岁时,41岁的姥娘病故。大舅28岁时,29岁的妗母病故。爷俩分别在壮年、青年时成了鳏夫,因为穷等原因,都未再娶。二舅有智障,更无可能娶亲。所以,我从幼童至成人,到名叫黄山沟村的舅家去,总是面对一家三条光棍。妗母的早逝,对这个家庭打击最重,她撇下了两子两女,表姐最大,9岁,最小的表弟,尚在襁褓之中。上天似乎在有意折磨这三个男人。

老天爷也有长眼的时候。有个极善良的女人温暖了这个家庭40余年。这个人是我五姥娘。

说五姥娘先得说五姥爷。说五姥爷,一言难尽,只好长话短说。他是姥爷门上学问最高的人。抗战时期,在国民党乡政府、日本的伪乡政权里,都先后任过职,据说还是共产党的地下组织,哪边的事都能应付。姥爷村里的人,都说五姥爷是个胆小怕事的老实人。这样一个人,却把自己的角色弄得这么复杂。抗战胜利前后,他已将五姥娘抛弃。土改时,为了活命,他亡命天涯,一去不还乡,"文革"期间死在东北。

妗母去世后,舅家迫切需要一个女人。已经50多岁,一直寡居的五姥娘,进了这个家门。那时,"文革"闹得正凶,五姥娘被丈夫抛弃已达20年,却仍因五姥爷的关系,被当作"黑五类"管制。一开始五姥娘是抽空来舅家照应婴儿,后来就应大舅哀求在舅家住下。舅家三个悲惨男人对五姥娘的感激与敬重,我很小就能感受到。大舅二舅喊出"五婶子"时的声调、情感,是他人难以体会和想象的。我们晚辈人常奇怪姥爷为何不娶五姥娘。我拿这个问题问过我娘,我娘只说:那还行?

姥爷跟五姥娘是大伯哥与弟媳关系。按照他们那代人的道德观念,两人成婚是绝无可能的事。姥爷必须对这个女人十分谨重,一个眼神一声咳嗽都要中规中矩。这一点我很早就看明白了。姥爷很少称呼五姥娘,不得不称呼时,就说"他五婶子"。

姥爷读过几年私塾,能读三国水浒,活到87岁,2000年春天去世。2008年5月的一天,大舅二舅都下地了,五姥娘在院子向邻居喊:我觉得怪不好受,您快去跟庆增(大舅名孟庆增)说声。邻居跑过来,发现老人已倒地而亡。五姥娘活了95岁,死的这一天,还能做家务。五姥娘中等个,容貌端庄清癯,眉心靠上有颗美人痣,永远慢声细语。一生遭到丈夫和社会的不公正对待,但从无半句怨言。用我娘的话说就是:五婶子对老事儿,只字不提。心里有山重水复万语千言,嘴上一个字都不说。这种人不多见。

我感到,姥爷和五姥娘,是中国最有"修养"的老式农民。他们生来似乎就是为了以超常的耐心,去经受生活的一切不公和磨难。

二舅呢?傻子二舅来到人间是干什么的?——他是来做牛做马的,是专门来把那人生之苦吃一遍的。这个家,需要一个牛马一样的人,而二舅就自觉让自己成为最优秀的牛马。还有一点,家里人说二舅到死，一辈子没得过病，没吃过药。当牛马的，哪能随便得病。我以为，小病应该也得过，只是不当作病不吃药而已。

五姥娘对我娘感慨：庆广（二舅名孟庆广）要是个女人，能过一辈子好日子。就是说，他若身为女人，就能嫁人，就能生儿育女，就能拥有普通草民拥有的一切。

没有人给二舅测智商，我感觉，二舅的智商应当在七八分上，属于半傻不傻类型。假如小时受点教育，会更接近正常人。二舅自己说自己"俺这人心眼不够使的"，这是他并非白痴的证明。有一回，我见二舅在拿着他侄子的课本看，就问：二舅，上面写的啥呀？二舅难为情地一笑：白搭，俺一个也不认得。

二舅比大舅高些壮些，骨多肉少，是个出傻力气的好手，家里地里粗重累脏的活，主要靠他来干。二舅最突出的性格就是克己，比牛马更克己，克到令人心疼。干活出死力，咬牙切齿的样子，就像跟那干不完的活有仇。对我刺激最深的是吃饭时的情景。一家人都坐下了，二舅将饭桌撒目一下，筷子总是伸向最差的饭和菜，这些常常是上几顿或数日前的剩饭剩菜。吃饭全过程，二舅对好一点的饭菜好像能视而不见。对饭桌上的不公，我一直心里难受，并因此对姥爷和大舅有看法。但二舅这样做，绝不给人勉强的感觉。全家他饭量最大，吃饭却快，不等别人吃完，他就起身走了，好像与别人在饭桌边坐同样时间也是一种罪过。实际上，在这个家里，每个人都要竭尽全力，每个人都要高度克己，都在不同层次上克己。姥爷、五姥娘、大舅，他们的日常表现就是克己。

克己，还有克己的。读来泪目。

撒目：向四处看的意思。

二舅的克己是克自己的骨头、自己的肉。我甚至感到，连我舅家的鸡鸭都有一种听天由命又克己的表情。

2009年春末夏初，送走五姥娘不到一年，71岁大舅突患脑血栓，平生第一次住进了县医院。一个多月后，花光了口逻肚攒积累的数万元，回了家。

我那回去舅家，正是大舅出院不久。大舅歪靠在一张破床上，床只有约一拃高，床腿被锯掉大半截，这是为了病人上下方便。床边一个尿罐，二舅挨尿罐坐在一个马扎上。我这客人来了，大舅指了指尿罐，二舅就把尿罐提走了。

在这个家里，大舅一直是二舅的"绝对领导"，一个眼神，一声吩咐，二舅无不顺从。现在，大舅缠绵病榻，吃喝拉撒全靠人。久病床前无孝子，儿女很难时刻守在你身边。二舅成了大舅的"全职保姆"。我发现，大舅二舅的关系有了微妙变化，大舅"亲民意识"有所提高，二舅"臣民意识"有所缓解。送走了老人，下一辈也早已成家，剩下老光棍兄弟相依为命。二舅话头多了起来，似有了一生不曾有过的底气。

"外甥，日照离海是不是很近？"二舅对我说。

"二舅，日照就挨着海呀。"我说。

日照离我老家仅一百多公里，但老家的老一代农民却大都不曾见过海。大舅二舅就是这样。

"你姥爷早年间去日照贩盐，俺想跟着，他不让。光听人说海、海，一辈子也没捞着看海。"二舅说。

"等大舅身体好些，我开车拉您和大舅去看海。"我说。

"那敢自好。"二舅笑了。

一拃：张开大拇指和中指两端的距离。

敢自：自然，当然的意思。

大舅这时撇了撇嘴,也笑了一下,明显是讥笑二舅的意思。要是在以前,二舅这样说,大舅会立即如此回应:大海就差你这个料的去看了。大舅是个好人,生存的悲惨令他十分坚强又格外谦卑,对儿女对他人常露讨好之情。如果说,每个人在骨子里都有专制欲望,大舅这一欲望,只能在二舅一人身上有所体现。

二舅身体健康,生理正常,但他所有的个人欲望好像全被取消了。世上的傻子往往是令人生厌的。但二舅不这样,他不脏,基本能看人脸色行事,大体知进退,特别是,我从没见一个像他这样能干活的傻子。

这天上午,二舅伺候完大舅,挑上水桶去村外菜园浇菜。午饭时过了,等不来二舅,床上的大舅朝邻居院子使劲喊,喊来了邻居。邻居跑到菜园,不见人,在池塘边上发现了二舅的鞋。菜地只浇了一小块,人落水应很久了。这个池塘很大很深,试了很多办法,都没能捞出人来。有人打电话给临沂的"水鬼子"(潜水员),对方出价最低6 000元,还要先付款。二舅要是有灵,一定会坚决拒绝"水鬼子"打捞,他一辈子应该都没摸过钱。有人想了个法,用一根长绳,拴在耘田的铁耙上,拽着铁耙满池塘拉,终于把水底的二舅拉了出来。

这个意外打击真不小,大舅大哭了一场。大舅是个聪明人,一天学没上,全靠平时留意,竟能基本看懂报纸等读物。他这一生,肯定比二舅承受了更多精神磨难。现在,一场病让他落入了赤贫,用他的话说就是"两手攥个空拳"。唯一"臣民"突然死去,他这种感觉就更强烈了。大舅望着破烂的家,拍打着不听指挥的身体,幽幽地说:穷猴子,瞎——蹦跶。认命,必要时可当作一种觉悟吧。

"天地不仁,以万物为刍狗;圣人不仁,以百姓为刍狗。"老子这话挺毒。"老子心最毒。"朱熹这话也比较毒。

大舅二舅都逃不脱"刍狗"命,只是大舅还想让二舅做"刍狗"的"刍狗"。二舅却意外地炒了大舅的鱿鱼,不给"刍狗"做"刍狗"了。

一段时间里,我脑海里常浮现一片涟漪,二舅落水激起的涟漪。二舅不会游泳,他意外激起的涟漪,肯定马上就无影无踪了。

就似他这牛马般的一生。

傻子二舅,你知道向往大海,你是一个有理想的傻子啊!你是不是把那一汪水看成大海了呀?那不是大海,那是一汪要了你命的邪恶之水呀。傻子二舅,你若在天有灵,就飞来大海吧。大海不会把人分为傻子和聪明人的。

6　娘用她的影子

2017年,我过了一年没娘的日子。

这一年,我可以关掉手机睡觉了。

娘用她的影子,跟了我这一年。

2016年12月8日(农历11月10日)19时许,娘走完了她87岁的人生。

几十年间,娘偶尔说及的一些数字,给了我或轻或重的刺激。还有一些与娘有关的数字,是我亲眼看见的。这些数字的共同特点,一是数目小,二是都与娘的生命、生存相关。

"二十五那年,俺一年掉了五颗大牙。三十三那年,满口牙掉得一颗不剩了。"娘25岁时,大姐4岁,大哥2岁,二哥等待出生。娘33岁那年,二姐4岁,我2岁,小弟出生,小妹还在后面。除了我娘,我没见过第二位33岁就掉光满口牙的人。到现在,年过五十的我亦缺齿数枚,都是因牙疼,一怒之下主动求牙医给拔掉的。娘却从没看过牙医,娘说:"一口牙,都是一颗一颗自己疼掉的。"疼,疼,记忆中未老时的娘总是这里疼那里疼。

娘艰难地活过了40岁,活过了50岁,身体竟渐渐好了。娘对生活的满意度越来越高。到了晚年,娘的这一感慨我不知听到多少回:"做梦也梦不着呀,还有不愁吃、不愁穿、不愁烧的日子等着俺。"

约在六七十岁时,娘就常常这样感慨了:"活了不少了。哪敢想能活到这啊。"娘还说:"三十多岁上,俺就求神保佑俺,让俺活到你姥娘那个年纪。活到那年纪,孩子也就不小了。要是撂下一窝孩,还有吃奶的孩,那是多大的罪呀。"

姥娘活到什么年纪?41岁。娘说:"老年间,女人活不长啊。你姥娘姊妹六个,你姥娘是老二,俺那五个姨,只有大姨比你姥娘多活了几岁,也没过五十,另四个姨没一个活过四十的。三姨,二十五生孩子时,大人孩子一块没了。四姨,十九生孩子时没了,孩子活了……"儿时,我对人生的第一恐惧就是:单薄如纸、病体支离的娘不知哪煞就会死去。有一回,娘歪靠在堂屋门上,闭着眼睛,脸色如死。我害怕了,上去用手摸娘的脸。娘睁开眼,异样地笑了一下,说:"老三啊,怕娘死了是吧?娘死不了,娘不敢死呀。"

姥娘病故时,姥爷39岁,娘23岁。娘是姥爷第一个孩子。又过了一些年,29岁,大舅母病故,撂下四个孩子。我还有个傻二舅。儿时,去没有姥娘没有舅母的姥娘家,见到的寻常景象就是:两代三个悲惨男人默默劳作或默默相对。娘这样感叹她的娘家:"出门三条光棍,进门三条光棍,天底下上哪找这样的人家呀。"

2015年8月,娘因跌倒严重骨折,在我的坚持下,娘来我工作地日照做了股骨头置换手术。风险不小,但手术成功,娘能扶助步器走路了。我乐观地以为,娘还会有数年光景的。

哪煞:什么时候。

泪目。不是怕死,而是不敢死;怕死是为自己,不敢死是为他人。

2016年春节,我照例回沂蒙山老家陪娘过年。初一这天,娘表现出诸多异常。娘突然要求看送老衣,怎么劝也无用,大姐只好找出来给她看。20多年前,娘刚60岁出头,就"亲自"一针一线为自己缝制好全套送老衣。娘把那衣物一一看过了,笑道:"怪好哇,就这身衣裳穿不破。"娘又嘱咐儿女早备下荷叶和棉花籽。沂蒙山区葬俗中要用到这个。娘另一异常是:对自己已迈入87岁门槛怎么也不认。不论谁问她年纪,她说出的岁数都是错的,她总是往小里说,竟然一次也没说出87岁。娘此前并无痴呆症状,对人情世事反应一切正常,并且特别清楚这一天是新年初一。难道娘活不过87岁了?

两年多前,2014年新春,处在弥留之际且患老年痴呆症的83岁老父,突然变得清醒,痴呆症状亦变轻。老父一遍遍呼唤死亡的到来,好几天早晨醒来第一句话就是:"我怎么还没死?"一天,爹盯着我娘问:"您什么年纪了?"娘说:"您八十三,我大您两岁,不是八十五了?"爹异常惊讶:"俺那娘唉,您八十五了,八十五了,您能活八十五呀,您都活了这么久了。"爹这样说着,竟无力地抽泣起来。爹咽气前数日,我一直守在身边。这些话与场景,是我亲历的。

2016年4月,手术后扶杖而行的娘再次跌倒,虽没重伤,却不能下地行走了。我们兄妹七人轮流照顾娘,轮到我,亦想法请假回去。我们将娘从里间搬到外间,外间空间大,光线好。窗外屋檐下有一窝燕子。这窝燕子年年春天归来,夏秋之交带着新养育的儿女离开。

娘躺在床头就能看见这窝生灵的动静。娘一心

> 第一辑 生命有初衷

> 插叙回顾父亲生命的最后一段历程,借父亲的口来感慨娘这一生的苦难。

一意看这窝燕子。天气好时,阳光会把燕子飞来飞去的影子映到床上。一天,娘说:"这窝燕子八成是抱(孵)出小燕了。"我观察了一下,发现果然是孵出雏燕了。我对娘说了,娘开心地笑了。

我心里咯噔一下:我的风烛残年的娘,笑得竟这样好看动人。有这感觉是因为这是我娘吗?当然是,又不全是。我很早就特别留意到我娘的笑。我曾在兄妹中说过:你看咱娘这笑哇,哪个老年妇女能有这种笑哇。娘带笑意的照片,都是我们偷拍的,若娘知道是照相,立即就把脸僵起来。你怎么哄劝调动都无用。娘愚昧善良,一生与任何人都无瓜葛是非,到老来满面慈祥,整日笑意盈盈、自言自语。若问娘说什么,娘就一脸羞怯与茫然:"说什么?俺说什么来?没说什么呀。"娘一生羞怯,不自信。娘的笑,是老貌苍颜加上少女般的羞怯。当下世道,不论在什么人脸上,羞怯大约都是极稀罕的表情了。我从其他人脸上确实没见过我娘那样的笑。娘这个年纪,裹小脚的人已不多了,娘却从七八岁时就开始裹,裹出了一双罕见小脚。瘦小个子配上小脚,再配上永远收敛着的羞怯神情,简直就是"传统"所需要的女人标本。

娘笑着,抬手指指燕子窝:"两个老燕子呀——穿梭一样啊,飞出去——飞回来,飞回来——飞出去,那还不是为孩子打食啊。"娘又说:"老三,你看没看见窝里有几个小燕儿?"我说:"那得踏梯子才行。"娘说:"别,别,可别吓着它们。当爹的、当娘的,不易啊。"

我握着娘的手,别过脸去。我的泪流了下来。

如同影子一样,安静,缺少存在感。

娘与燕子有深深的共情。

我想起前几天的一个大早,娘对守在床前的我说:"半夜里,醒了,想起你们小时受的那些罪呀,止不住泪呀。"

我转过脸来时,看见娘仍望着燕子窝。娘一直笑着。

趁老燕子都出去打食了,我找来梯子偷窥了燕子窝。我看见了人类不该看见的景象:三只连头都懒得动的新生儿,光溜溜趴在窝底。我闻到了一种与人类迥异的气息。它们发出了不安的唧唧声。

我对娘说:"娘,窝里有三个小燕。还没长毛呢。"娘又笑了:"噢,你看着了?老燕子看没看着你?千万别吓着它们,千万别把老燕子吓得不敢回家了哇。要是撇下三个光溜溜的孩子,罪可不小哇。它们啊,借人家的屋檐过日子。"它们,它们,娘这一生,对牛羊猪狗蚂蚁等等,总是使用"它们"。我们与它们,不就是世界吗。儿时,我恶作剧地用脚踩踏忽然出现在我家天井的一支蚂蚁大军,娘说:"老三,你咋作这个孽?它们怎么你了,你作践它们?"

娘又说燕子:"它们啊,三口小的,两口老的,一家五口啊。它们,七八月里就'出飞'。"娘说的是农历。"出飞",就是羽翼丰满离巢而去。

娘生育了八胎,四女四男,活下来七个,三女四男,一家九口。我是四男中老三。娘第一个孩子,大姐上边的那个姐,八个月大时夭折了。娘不止一次说:"那个孩儿可好了,怪俊。肚子里生'痞',你奶奶给艾灸,肚皮上灸了一个窟窿。窟窿老长不好。没了。"儿时,又常听见娘感慨:"九张嘴九个填不满的窟窿啊。"娘这八胎,只生第一胎时我奶奶在场,其他七胎全是娘自己给自己接生。或床上,或地上,或院里,或灶前,或隆冬,或盛夏,或深秋,或初春。娘"以大命换小命"之时,爹竟然没一次在家。那时的爹大约就是那不停穿梭打食的老燕子。

我再次回老家时,见满院燕子飞。原来是老燕子领小燕子练习"出飞"。——这时的娘已没能力关心燕子了。娘已不说话了。偶尔会蹦出一两个字。后来,一个字也没了。娘的饭量一减再减,只能进点流质食物了。跟村医说一说娘的情况,人家总找理由不上门。对这么老的人,持淡漠态度似乎是自然的。

11月29日,大哥来电说娘状况不好了。我于当晚驱车赶回。日照距沂蒙老家只有一百多公里。娘已闭嘴拒食水。大哥用拔掉针头的针管推进去点食水,娘却顺利咽下去了。就这样喂,娘似乎又稳定了。手不动,脚不动,眼珠也几乎不动,但还会吞咽。娘的手肿脚肿,应当是肾不行了。大哥懂点医道,说娘呼吸平稳,脉搏还行,还能活几天甚至更长。娘的一个叔伯妹妹也嫁在这村。这个姨天天往这跑。姨说:"俺那姐,脚肿成这样,送老鞋还能穿上吗?"姨命令找出送老鞋,一穿就穿上了。姨又说:"俺那姐唉,您这鞋可不小哇!"娘一生不难为人,没有人会在娘跟前感到自己没有余地。大家一致同意给娘穿上送老衣。姨又说:"这样了,还喂?还喂?这还是您娘吗?早不是您娘了。"姨又说:"俺那好姐唉,您八十七了,老寿星了,好营生(东西)也吃了,好衣裳也穿了,快走吧,别折腾孩子了,都尽孝心了,快走吧,俺那好姐。"姨又说:"姐,你一辈子好脾气,一辈子不犟,末末了你可别犟啊。"姨这是要求俺娘提高觉悟。姨还叫姐,却说娘不是我们的娘了。

送老衣穿上数日了。姨的惊讶焦急程度一天比一天厉害。姨无奈地看着极耐心呼吸却不理会这个世界的娘。姨忽然说娘是邪灵附体了。姨扭头去找我大姐商量驱邪。姨对我大姐说,找刚下过仔猪的老母猪圈里的垫圈草,在床前烤一烤熏一熏。这种草点燃后其味道一定能熏跑邪灵。只是这种草不好找了。农户家里都不养猪了,现代化养猪场附近没有,即使有估计也不可能胡乱垫草。几十年前,我的一位祖辈亲人,就是在这种草形成的浓烟里咽气的。迟至今日,在我乡,一个老人在最后关头如不觉悟不及时咽气,竟仍可能会被款待以烟熏火燎,且用的是人能想到的最污秽之草。

姨差不多和娘一样单纯愚昧。没人否认她是好心。娘可能是识破了针对她的诡计,在大家都不注意时,果断咽气了。一直守在床前的我,注意力刚转移了一小会儿,再看娘时,娘就咽气了。娘对这个世界越来越重的雾霾毫不在乎,从来都是无感觉无抱怨。但单独为她准备一场特色"雾霾",娘大约还是在乎的吧。

我向等着娘咽气的一群亲人大喊一声:娘——咽气了。对娘来说,她终于放下了生存的重担,像一个影子一样飘走了。

第二天,我目送娘那几近干枯的肉身缓缓进入焚尸炉。几十分钟后,热气腾腾的骨灰就出来了。那个植入娘身体仅一年多的金属股骨头,被烧成了

对比娘一生为子女而受的苦难,临走前却迟迟不咽气而可能要遭受的"毒手",因果之间的失当,让人深感生命之轻。读来令人窒息。

第一辑 生命有初衷

37

与白骨迥异的黑色。工作人员漠然地用钳子将其钳出,扔进旁边水盆,随即发出嗞的一声微响。那盆里已另有一个这样的股骨头了,那户人家不要这异物了。我不假思索地伸手把我娘的那个捞起,放进娘骨灰里。虽是异物,却也一度成为娘身体组成部分了。娘,你不要嫌弃。

娘,我没对你说实话,手术实际花了5万多元。我要是说实话,你一定会为你的命绝不值这些钱而痛苦。

在住院及出院后,娘反复问花了多少钱。我把数万说成数千,娘仍感慨:"唉,一个就要死的老嬷嬷子了,还花这么多钱啊。"娘每见我们穿件新衣,就问多少钱买的。我们都说一个原价几分之一乃至数十分之一的价格,娘仍感慨贵。在娘心目中,几十几百都是大数字,几千几万是不可思议的数字。娘只能活在小数字里。娘总是极力缩小自己,娘对一切与己身有关的事都极羞怯。一位医生高声大气夸这老太太好看,把娘羞坏了,娘说:"这大夫对老嬷嬷子,实在是找不着话说了。"连其他病号在内的一屋子人都笑了。每当护士像喊任何病号一样喊娘名字孟庆云时,娘都要羞怯一阵。我相信,只有我知道娘那透明单纯又山重水复的心思:娘不止羞怯,心里还会咯噔震动一下。娘的名字一辈子极少被人提及,自己更羞于说出口。儿时,我第一次知娘有此大名,很新鲜好奇,就引逗娘说自己名字。娘怎么也不说。我故意喊出来,把娘羞坏了。娘对自己竟然与别人一样拥有一个名字,也是有不安感的。娘啊,就允许老三多说几遍您的名字吧。

生活在大时代的娘,却只能生活在小数字里。

娘体格单薄瘦小。娘踮着一双小脚,终生就像个影子一样在人间劳碌。数月前,缠绵病榻近半年的娘更瘦得厉害,被子下的娘虚若无物,更像个影子了。我从大姐家搬来称粮菜的小型磅秤,抱着娘站上去,称出了娘的体重:着秋衣51斤。娘说起过一件与她体重有关的往事:"那一回,某某发了昏,非要称称俺,眼看把俺丢煞了。"娘说,那回她体重是八十几斤。娘老了后略有发福,体重能达九十多斤。到娘咽气时,比51斤又瘦了不少,基本是骨头的重量了。不忍心再称。娘的慢脾气在老死之路上也体现出来了。娘慢慢地一滴一滴地把自己熬干,似乎在考验活人的耐心。这的确有违娘从前的意志了。

> 瘦小、单薄如影子。

嘴还能说手还能动时,娘抚摸着床头那一大摞裰子说:"这裰子怪好哇,你们这一窝孩子,一块这么好的裰子也没捞着使呀,穷得连块裰子都没有哇。"又说:"俺一辈子不舍得踢蹬(糟蹋浪费)营生,临死了还踢蹬这么多营生。"

娘为最后多用几块裰子而愧对世界。

> 自我价值的轻薄如影子。

从墓地回来,回到已没有娘的空宅。这空宅名义上归我有,但今后我将很少回来了。——爹两年前没了,娘又没了,一个"朝代"已结束了。我被纳入另一个坐标了。我独自整理娘的衣物,蓦然发现了我的一件旧秋衣。住院时拿去给娘临时穿的,出院时娘穿着回了家。我把这衣收起来,决定再穿。

檐下的燕窝也已成空宅。但那燕子明年还会归来。我的娘却永远不再来了。

燕子啊,你们知道吗?俺娘念叨的最后数字与你们有关啊。

第一辑 生命有初衰

> 在我的心里，娘是孟庆云，娘不是影子。

> 影子是一连串的数字，是我对娘的怀念，是我通过回忆的再认识、再理解的娘。

燕子啊，你们知道吗？你们知道世上曾有个人怕吓着你们吗？那个人大名叫孟庆云。

燕子啊，明年你们再来时，对这寂寞空宅多叫两声吧。月亮听不到，树听不到，草听不到，石头听不到，人听不到，孟庆云能听到。

初冬的夜里，做了个奇怪的梦。梦见娘坐在马扎上，安静满足地观看众人给她举行葬礼。梦中的我就想：这是娘的影子吧？我看见了，别人能不能看见呢？好像心里打了一个激灵，就醒了。——这一天，离娘的周年忌日只有10天了。或许娘这是用影子提醒我了。2017年底，回老家给娘上完忌日坟回到城里。晚上，把自己关在屋子里，面对这篇娘刚去世时写下的文字（原名《我的数字化的娘》），再次泪流满面。

这一年，老家兄妹的来电铃声不会令我心惊肉跳了。

这一年，我过了一年没娘的日子。

娘执拗地用她的影子，跟了我这一年。

7 你是我的爷

一个村民的死

当我发现异常时,父亲正在呼出最后那几口气。屋里除了濒死者的粗重气息,没有任何声音。我朝还睡在旁边床上的二哥大喊一声,又跑到近在咫尺的大姐家院后,用砖猛拍大姐卧室后墙。

我们极其慌乱地给父亲穿寿衣。

白发满头的大姐声泪俱下地喊着:爷,您慢点啊,爷,俺给您穿衣啊,爷,穿上衣裳再走哇!父亲想必已无知觉,温软的身体任我们摆布。父亲垂着头,眼睛半开半闭,显然已无生机了。时在2014年农历2月12日凌晨,父亲过完83岁生日21天。我们把穿好寿衣的父亲抬到另一座空宅里。

七子女陆续赶来了。哭声把父亲离去的消息告诉了全村。在视生老病死为寻常事的村庄里,一个名叫夏继业的村民告别了这个世界,这个村庄。

我乡以爷称父,称祖父为老爷。这是古老的称呼。《木兰辞》:不闻爷娘唤女声,但闻燕山胡骑鸣啾啾。"爷"就是父。

爷最小的重孙、仅两岁的雨豪来到时,爷已被抬走了。小雨豪望着凌乱的空床,说:老老爷没有

死亡,生命的结束。死亡与生命的初衷有什么关系?

了。他举起玩具冲锋枪,朝他想扫射的一切胡乱扫射着。

父亲临终前数日,对所有来看望他的亲人或乡邻都无兴趣,唯对孩子例外,孩子越小,爷越兴奋。小雨豪来时,爷会顽强地逗引他,咂舌、吹口哨,幽幽的眼神执着地盯着。

接着是连续数日仪式繁复的葬礼。葬礼的核心内容可能已持续数百年甚至上千年了。我们七子女及配偶和子女,再加上我们的年龄尚幼小的孙辈,是一支浩浩荡荡的队伍。姐妹三人的哭声总是一场接一场,兄弟四人则有泪无声。妯娌们和着姐妹哭,女婿、孙辈及众亲戚,都各以他们的方式尽哀。

爷没有了,那个赋予我生命的生命永远没有了。虽然早就有准备,虽然爷死在我的怀里,但那种巨大的缺失感还是如一道黑幕一下子笼罩下来。所幸,爷生命的最后五天,我一直守在他身边。

已患老年痴呆症数年的爷,有时明白,有时糊涂。

爷望着走走挣挣的俺娘说:这是您娘吧?您娘什么年纪了?

我说:八十五了。俺娘比你大几岁呀?

爷好像第一次知道娘的年纪,说:俺那娘啊,八十五了,八十五了,您能活八十五呀……咱真活了不少哇,老天爷待咱不孬哇……

这样说着,爷老泪纵横。我的草民爷,一生的酸甜苦辣,就在这几句话里了。除了弃世前最后几个月,我平生没见过爷的眼泪。

老泪中掺杂着一生的酸甜苦辣,老泪中也许还有对生命的初衷的认知。

我的生命,爷的重担

爷读过四五年书,粗通文墨。我出生前,爷在人民公社(类似现在乡镇一级)已工作数年。我出生后,爷不顾所有同事劝阻,毅然辞职。爷说:再不回家,一窝孩子就饿煞了。事在上世纪六十年代初。

我往人生源头追溯,有两个细节记忆最深。一个细节有关饥饿。一天夜里,不知爷从哪儿弄来半麻袋红薯干,哗啦啦倒在堂屋地上,我抓起薯干就往嘴里塞。爷挓挲着大手,喊道:俺那娘啊,咱可饿不煞了,咱可饿不煞了。薯干的甜味,淀粉的质感,土腥味,或许还有爷的汗味,混合成关于饥饿的最真切记忆。另一个细节有关亲情。一个落雪的冬天,高瘦的爷从外面回来了。草屋门不足一人高,爷进屋门时,总需低一下头。爷一头钻进屋里,爷一把给我抹去那像吊死鬼一样吸溜着的鼻涕,又把我那没扣好的袄扣扣上,拍拍我身上一拍就冒烟的尘土。爷说:这天儿綦冷綦冷,小三儿啊,冻死了啊。我到现在也不知道,当时爷注意没注意到:那一刻,我的眼泪唰唰流下来了。父亲用他的大手将我这样一整理,没有添加任何东西,我就感到暖和了不少。这是我对父爱最早最强烈的记忆。爷这样疼我肯定不止一回,再小时我不记得,再大些就不需要这样了。这细节应发生在我五岁前后,那时,病体支离的娘,实在顾不全我们。

成年之前,爷一直是我心目中的大山。爷体量大,脚步重,总是还不等到家就能听到那咚咚的脚步

> 毅然辞职,当然也与生命有关。

> 綦(qí)冷:非常冷。

声。大家公认我爷"有能为",我娘"无能为"。爷平时待人接物坦率大度,是非分明,村民有纠纷,往往找他评理。不管是对家人、亲人或外人,爷如果认为你不对,会毫不留情地说出来,场面有时令人难堪。娘说"你爷有'瘆人毛'",也听见不少村民这样说我爷。"瘆人毛"是我乡土语,意思较复杂,主要是指一个人能给他人望而生畏的感觉。写至此,爷那样说话的情景,如在眼前。后来,我常想,爷要是能在公社里坚持住,他这一生是会有一番作为的,是能混出个人样子来的。可是,他毅然辞职。因为他是我的爷。他要是慕恋那职位,子女中的某个甚至几个可能就要夭折了。我不知爷当时公职收入几何,肯定是很低的,并且那时应当是没有腐败的。

儿时印象中的爷。

爷的传奇,我的成长

爷一生的几个片段,我之所以感到有些传奇色彩,那是因为他是我的爷。

爷是长子。襁褓中时爷患了重病,奄奄一息了。夜里,年轻的奶奶不敢靠近她这个咻咻喘气的孩子了,我老爷就把他放到天井南头榆树底下石头台上,让他自己断气。爷的老爷来了,他试了试孙子的气息,爷的老爷生气了:孩子还有气,咋放在外头?爷的老爷把孙子抱进了屋里。第二天,爷竟然活过来了。

襁褓时的传奇经历。

爷向我们感慨过很多回:爷这条命,多亏了你老老爷。

小时听爷这样说,心头一片苍茫:要是爷那时没了,上哪儿去找我呢。

爷七八岁时,家道略有好转,有一头牛,八亩地,能勉强填饱肚子。可是,那头牛却被我老爷一夜给赌输了。一生节俭到骨头的老爷,那回输得很惨,深夜回到家悄悄躺下了。早晨,赢家来牵牛。老爷不起床,在床上朝外高喊:牛在栏里,您自己牵。老爷1979年去世,我一生没听他说过此事。可是,全村人都知道这事。——人家来牵牛了,夏云标(老爷名)连床也不起啊。与爷同辈的村民会这样说。老爷大约实在是不愿亲眼看着自家的牛离开。那时土匪横行,中华民国一度被称为"匪国",沂蒙山区则是匪患最严重的地区之一。爷说:"在组织的土匪平时都驻山里,不轻易出来。不在组织的土匪没规矩。你也不知谁是土匪,谁不是土匪。白天扛锄下地,晚上几个人一合计就抢、就绑票。"爷还点出村里某人就干过这事。爷是长子,上边有一个姐,下边好几个妹妹,二叔最小,多年后才出生。土匪绑票首选男孩,绑到男孩主家才舍得出血本,独子更不用说了。为了防匪,有一段岁月,每到夜里,我老爷就带我爷到亲友家里睡。爷说:"那一晚,去了你姨奶奶家。你姨奶奶家没有多余的床,你姨老爷就从床上揭下褥子铺地上。我和你老爷睡褥子。俺往那褥子上一趴啊,俺那娘,那个熨帖呀。那是俺头一回睡褥子。"家里穷得连床褥子都置办不起,竟然还得躲绑票的。

爷成为村里第一个万元户,大约算是他一生中最风光的事。我村是沂蒙山区少有的产稻区,收获稻米后,会有大量稻草。开放之初,鼓励少数人先富

老老爷,老爷,爷,我,生命代序的传承。

躲绑票的传奇经历。

第一辑 生命有初衷

起来。爷弄来几台脚踏草绳机,雇工用稻草打草绳,卖给淄博一带砖瓦厂包装产品用。当时,还有人说这是剥削人。我家经济状况迅速好转。1979年,我考入临沂师专。第二年春天,爷到学校看了我一回。有两件事令同学大发感慨。一件是父亲身高与我身高的鲜明对比。我比爷矮10厘米多。"夏立君你父亲这么高,你咋这么矮?"爷为我解围道:"小时饿得不长了。"第二件是爷给我捎来一块价值120元的上海牌手表。全班没几个戴表的,个别戴表的,也没这个好。家在青岛比我大七八岁的同学老吴掂量着新表说:"我当了五年工人了,也没舍得买这么贵的表。立君,好好戴呀。"约在1982年,爷被沂南县宣布为"万元户"。就在这之后不久,爷处理掉草绳机,不干了。他觉得,这辈子钱够用了,钱挣多了不吉利。我估计,爷那时手中可能有2万元以上。当时,五六百元就能盖一座村宅。儿娶女嫁的开支加上通货膨胀,没用多少年,爷手里就空了。

爷是草民,却是活得不糊涂有细节的草民。爷之所以去学校看我,可能缘于我写给爷的一封字迹潦草的家信。爷回信说:"你的字这么潦草,是不是心里不安、心情不好……"还没等我再回信,爷就来了。那时,青春时代的我,活得的确虚妄潦草。我没有保存信件的习惯,但爷的话我忘不了。

我一直觉得,爷是心胸开阔的人。但爷曾说:"在公社里上班时,有好长时间,一夜连一夜睡不着觉,耳朵里、头里就像有风车嗡嗡转哪。"时值1960年前后,我出生前,爷还不到30岁。我想,那大约是因为生存压力实在太大了。

> 不糊涂,有细节,多少人能做到?

你是我的爷

约从 80 岁开始,爷出现老年痴呆症状,记不住眼前事,情理上有时糊涂。在活着的最后几天,却是基本清醒明理的。爷好像就是专门要清醒地告别世界。

在一个难得的好天气,我们将爷抬到院里晒太阳。爷倚靠在沙发上,说:站住才算个人,站不住了还算个什么人啊。爷幽幽地望天,说:"今天这天綦好哇!你管怎么还得让我再活两天。"爷不信鬼神,这个"你"可说是指老天,也可说没有确指。

爷留恋生,不讳死。很多乡邻来看爷最后一眼。爷说:这么多人来看我,说明我没活头了。爷说:你说这人,怎么还又活又死呢?像这坷垃、石头,不死不活,多么好。身体的极度衰弱令爷放弃了求生欲望,爷说:快死吧,快死吧!死——了,死——了,死才是个"了"哇!往那土里一躺,多熨帖呀。

最后几天,爷拒绝吃饭,爷说:不吃了,吃到头了……什么事都得有个头吧?

一天早晨,爷醒来就说:我怎么还没死呀?

这就是一个草民临终的豁达和哲思。

头七坟、五七坟、百日坟,上坟间隔时间越来越长。上百日坟那天,正是仲夏时节,星星绿草已攀上爷坟头。草,性急的草,它们看这一堆暄土太适合安家了。草民,草民,草最愿亲近的民啊。大姐双膝一跪,长出一声:爷,俺想您了哇。我们随即伏地痛哭。三姐妹及妯娌们总是一面哭一面说:爷呀您不管俺

> 死亡的仪式让生人接受死亡，感到安心，获得慰藉。

> 死亡找到了生命的归宿。

了、爷呀您不操心了……哭的强度已比爷刚去世时轻了。爷弃世一百天了，我感到这一百天好长啊。哭过之后，我们又一起说说笑笑。祖先围绕死亡对仪式的设计，出发点无疑是人生的感受。

爷去世后，我在城里家中书房一角，摆上爷一张照片。这照片是从我所存爷所有电子照片中挑的。爷儒雅大气，不像土里刨食一辈子的人。这一生，常有人以为爷是个"脱产干部"，对此，草民爷有时是会流露点得意之情的。我点上炷香，默默与爷对坐，细细的暗白色香灰高到不能自持时，就倏地倒下，散落桌面。一阵极轻微极细碎的声响，如沙如虫。若将这情景放大到足够倍数，或许就与雪崩山裂无异。任何事物都有坚持不了的时候。

照片我洗了七张，全装上框。我的想法是七子女一家一张。五七上坟时，我将照片捎回老家。百日上坟时，见照片都还在老家里。娘说：人家都不愿意拿。我忽然明白了：生死两途，阴阳悬隔。死，让与死者有关的一切立即获得了非同寻常的意义。死者各种遗物特别是大幅照片，亲人都是不愿面对的。刚刚埋葬爷后，为了抚慰哀思，我先是将照片放在我家客厅里，每天上数炷香。妻委婉表示不妥，才又放到我书房里。百日坟后，回到城里的家，面对爷的照片，我坐立不安，感到爷时时在看着我。我待一炷香燃尽，决定把照片收起来。我在心里对爷说：爷，我想你时再看你吧。

按沂蒙葬俗，埋葬掉爷的当天晚上，在村头通往墓地的十字路口，举行隆重"路奠"仪式，正式送爷到另一个世界去。

天空半阴半晴,农历2月13的月亮穿行云间。月光下的大地、村庄、墓地、我们,这就是"下界"情景啊。爷啊,我们已在"下界"了啊,你在哪儿俯视我们啊!这月亮就是我儿时的月亮吧?你怎么是这样一副凄清异常不怀好意的鬼脸啊。不知是谁家的狗,对着这异样的夜空狂吠。孝子顺孙跪满了十字路口,奠仪一个接一个,哭声一场接一场。两岁的小雨豪对哭声毫不在意,举起冲锋枪朝孝子顺孙、朝他想扫射的一切扫射。他妈妈把他按下,他又顽强地爬起来。一代赤子在成长。爷,另一个世界里的你,看到这景象,一定会哈哈大笑吧。

我的爷,我的不虚伪、心眼正的赤子爷,我相信,不论在哪个世界里,你都是可以心安的。天大地大爷大。爷,我唯一的爷。

> 不虚伪,就如爷一样。

> 一代赤子的成长,是生命的延续,亦与生命的初衷有关。

8 明天比今天少一天

> 明天，今天，相差一天的时间。

看到父亲的身体迅速衰竭，我们想再送他去医院。父亲说：不中用了，别去了。

> 生命意义在于今天的价值。

父亲一定是清楚地感到了生机正从身体里迅速撤退，死神一步步向他靠拢。我端详着父亲那张曾经很有力量的脸，不能不悲哀地想：父亲确实收纳不住那个叫"生命"的东西了。我们将父亲抬到院子里晒太阳。父亲幽幽地望天望地，说："这天儿，真好啊。""你管怎么还得叫我再活两天。"父亲又说："有今日没明日了。""老天爷折腾人啊。叫人又活又死，像这坷垃石头，不死不活，多么好。"这些话表明父亲还有求生欲望，又明白死到眼前。人活得越久，越容易感受到生命及所有事物的转瞬即逝。濒死的父亲，还能心惊，还能胆战。最后这句话，就算是草民父亲对死亡的哲学追问吧。人，谁不是生死一场呢。

> 坷垃：土块。

> 人，谁不是生死一场呢！

父亲留恋生，却不畏死。到最后，他反复说："快死吧，活了不少了，多活一天少活一天一个样啊！"2014年初春的一个早晨，83岁草民父亲在生活了一辈子的村里平安去世。

父亲生命的最后五天，我一直陪伴在他身边。父亲在我怀里吐出最后一口气。第一次这样完整地看着一个人死去，这个人又是把你的生命带到世上来的人，关于生命、生死，就不能不多一些感想。我回味着父亲"有今日没明日"这话,忽然想到:生命不论长短,总是"明天"比"今天"少一天。你出生那一刻,即拥有了此生第一个今天,此后,只要你活下去,就意味着一个又一个明天会变成今天。假设你活了整100岁即36 500天,其中36 499个明天变成了今天。生存的本质昭然若揭:明天比今天少一天,死了,就是明天不再变成今天,明天成了别人的明天,成了你永远不能到达的未来。死亡的残酷性、绝对性就在这里。

> 有明天,就是生命在延续;没有明天,也就意味着死亡。

生命会疲劳,死神不休息。不止人的生命这样,自有生命以来,所有生命的死亡率都是100%。造物主和死神是最好搭档,你造一生,我必送一死。"死亡是古老的玩笑,但来到我们身边却都是新鲜的。"(屠格涅夫语)生命由鲜亮变黯淡是必然宿命,死亡却是空前绝后别具一格的鲜亮一瞬。花圈、人群、悼词、眼泪,葬礼似乎是一生中唯一可与婚礼(花篮、来宾、致辞、欢笑)媲美的事件。波斯国王薛西斯一世目送一支部队去参加征服希腊的战斗,不禁落泪:"现在这些人,100年后没有一个人还能活着。"国王相信那些生命不会在战斗中全部死去,但死神却不会放过其中任何一个。像我父亲这样能清楚地感受到死神在步步逼近的死亡,可说是一种寿终正寝较为正常的死亡。许多老人就是这样逝去的。还有许多死亡是突然降临的,连个惊奇的表情都不容你做,而这个突然离去的人,可能已计划好了明天明年的约会或其他什么事。从绝对意义上讲,只要明天还没有叩你的门,你就不能说能活到明天。

> 生死疲劳。

父亲去世前数日的一个早晨,他看到天又亮了,

> 所以,在明天到来之前,我们唯一能做的就是珍惜当下。

第一辑 生命有初衷

有气无力地说："我怎么还不死啊……找把刀把我这头砍了吧。"我握着父亲的手,无言以对。父亲粗通文墨,像大多数中国乡间男人一样,说不上有什么信仰。有个信了天主教的村民,曾动员父亲入教。父亲说:你张口一个神,闭口一个神,哪里来的神啊。中国乡村男人,普遍感到一本正经信教是一件滑稽且不可理喻之事。没有宗教的慰藉,死到临头,父亲也以他的方式表达了对死的无畏。我想起祖父的死。1979年初春,73岁祖父正在劳动时忽然倒地,大家把他抬回家,我亲耳听到他喊出"快死吧"三个字,接着就咽气了。一个一千多口人的村庄,无人死去的年份是很少的,同时,又不断有新生命补充进来。一个村庄里的生生死死,似乎是一个整体之中的平衡。千百年来就是这样。我感觉,村民对死亡比城里人、比单位里的人要达观一些。当然,像我父亲、祖父他们表现出来的对死的无畏,并非大无畏,本质上也是死到临头的无奈。他们不可能从哲学高度将"死亡意识"带入此前的生存。老子说:"天地不仁,以万物为刍狗。"草民就应活得像草一样自然简单,不会把自己搞得像个哲学家。

很难找出哲学家不谈死亡的例子。任何哲学,如果不解释死亡、不探究死亡的意义就不完整,宗教更是如此。没有哪种宗教不围绕人性人心而进行处心积虑的设计,没有哪种宗教不把死亡当作大文章。可以说,死亡问题,是任何宗教产生和发展的基础。宗教无不对死亡问题和死后的问题,作出说明和安排,并企图以此对人予以终极性安慰。孔子不追究终极问题。有人想让孔子谈死,孔子说:"未知生,焉

> 他们虽然不可能从哲学的高度认识死亡,但是他们对死亡的达观态度却能给人以哲学的启迪。

知死。"孔子对死亡的态度,与我父亲、祖父这样的草民本质上并无不同。孔子用伦理安排天下。终极问题,谁能解决?不了了之或许也是不坏的选择。

有位哲学家说过大意如下的话:你虽然已死,但你曾经生存这一事实,却永存宇宙。乍一听,很提神,很来劲:只要曾活过,就具备了永恒的意义。但再一想,这话可用在任意一棵草、一条狗或一个注定要熄灭的星球上。老子"刍狗"之言,就是说天地视万物如草。生存的茫然、盲目、短暂和无意义感,不是容易消除的。

明天比今天少一天。这才是永远不可改变的事实。活着,只是意味着明天的可能性。你不能确知还有多少个明天在前头。一个明天也没有了,竟然是每一个生命随时都能发生的可能。不确定的明天映衬出今天的宝贵,必然的死映衬出偶然之生的宝贵。死亡的意义和价值,就在这里吧。哲学家桑塔耶纳(1863—1952)这样想:无论你的年龄如何,最好假设还将再活十年。这一想法大有深意。但我这样想:桑塔耶纳这话主要是对年纪还不太老的人说的。如果已经衰老不堪,如此想就是妄想,就显得对生过于贪婪执着。让青年人去这样想,或许又显苛刻。中年前后的人这样想,似乎最合适了。人往往高估一年能完成的事,又会低估或不去谋划十年能完成的事。在你能做事的年龄,十年能完成人生,十年能让你进入死而无憾境界。电视剧《康熙王朝》主题歌这样替皇帝抒情:我真的还想再活五百年。一腔虚假的豪迈,满腹真实的贪婪。那曲调每回强行灌进耳朵,必令我心生厌恶。康熙如再活三百年五百年,

有限的生命,使"生"有了意义。

必成为最彻底最无人性的暴君。重要的是,如果那成为事实,活在21世纪的我,即使长命百岁,却至死都将是他的臣民。多亏有公正的死亡,让那一代一代万岁呼声皆成一枕黄粱。"向死而生"(海德格尔语),以死观生,或许才能对俗世生存有所超越。我希望,死神来时,我不仅能像父亲一样无畏,还能对此生赋予些意义感。

> 对死的坦然。

父亲一生正直坦率,死得亦坦然,除了身体病痛,没有其他精神磨难。很多年前,在父亲建议下,我们提前在夏氏墓园里给父母修"生圹"。尚健壮的父亲亲自参与修墓。修好了,父亲叫我娘也来看看。娘说:不就个坑吗,有啥看头。父亲笑道:住万万年的屋,你还不看看?娘来了,站在修墓挖出的新土堆上,探头看那坑,满脸笑:怪好,怪好。

> 怪好:很好。

> 人生的归宿吗?

帕慕克(诺贝尔文学奖获得者)的父亲死了,帕慕克说:"每一个人的死,都是从他父亲的死开始的。"在生死链条上,父亲一直站在你的前面。父亲没了,你就自然暴露在第一排了。我们埋葬了父亲,父亲从我们的生活里消逝了,化为村后夏家墓地里的一座坟。但作为人生的背景,父亲永远存在,直到死神不让"明天"来叩我的门。

单元链接

从童年出发,走着走着,我们也许会逐渐明白明天比今天少一天,但是你真正懂得生命的初衷了吗?读一读余华《活着》(北京十月文艺出版社2021年版)、李一鸣《在路上》(百花文艺出版社2022年版)、史铁生《病隙碎笔》(人民文学出版社2008年版),或许你会认识到生命是有初衷的。

时间会说话

第二辑 DI ER JI

时间会说话

卡尔维诺曾经说过:"经典作品是一些产生某种特殊影响的书,它们要么自己以遗忘的方式给我们的想象力打下印记,要么乔装成个人或集体的无意识隐藏在深层记忆中。"夏立君以史学家的实证探索着历史上一些"大人物"的人生,又用文学家的细腻挖掘他们的内心,展现他们的人生过往。读这些人物,能读出隐藏在记忆深处的无意识,会读出最真实的欲望、悲喜、困惑和惶惧,因为时间会说话!

《人类是个"怀乡团"》,呈现出的是"反工具性"魂归桃花源的陶渊明;读《独唱的灵魂》,我们会结识深受委屈、以身殉国又具有着"婢妾心态"的屈原;还有有着豪杰的热情、王者的霸气、诗人的逸气的"赤子"诗人曹操,等等。在时间之箭的呼啸声中,让我们一起来寻找自己的坐标、追寻生命的意义。

1 时间之箭

1

子在川上曰：逝者如斯夫，不舍昼夜。

——《论语·子罕》

> 时间的力量。

面对流水，孔子想到了时间。孔子这样想的时候，对时间这一概念，并没有时、分、秒等石头般坚硬无情的区分与表达。孔子及古人把时间称作逝者、逝光、光阴、光景、时光、流光，他们用日晷、沙漏对时间进行模糊的把握。他们与时间的关系，比我们与时间的关系要混沌诗意一些。他们的时间里似乎有温暖，有生之气息。我们的时间里可再也找不到这些东西了。

> 无论是水，还是光，都是可以感知的事物，将时间与其关联，时间便有了温度，有了"生之气息"。

凝视着大水流动的样子，孔子还是感受到了恐惧，感受到了时间之箭的锐利。

> 然而，时间又是锐利无情的。

水，流水，川流不息之水，变幻不定，勇往直前，不由分说，强行带走，绝不回头。逝者，逝者，来自何处，逝往何方？逝者，你是不停地死去，还是不停地诞生呢？

时间是"事物"，是什么事物？我们能看见光，看见山河、日月星辰、花草虫鱼，我们能听到声音，感受到风，感受到温暖或冷冽，什么也没有的地方，我们还能看见一团虚空。可是,时间在哪里?我们盯着那一团虚空里有没有时间?

时间是宇宙的看不见的骨头,摸不着的神经,听不见的雄辩。时间是沉默的批评家,是宁静的暴力。"大音希(稀)声,大象无形。"(老子语)在所有事物竞相呈现"嘴脸"的宇宙里,无声无形者,唯有时间。它的力量太大太可怕,只好选择沉默无形。

试看天下,张牙舞爪者,必为能量有限者。

> 时间可以证明一切,时间也可以摧毁一切。

2

青天有月来几时,我今停杯一问之。……
今人不见古时月,今月曾经照古人。
——李白《把酒问月》

春江潮水连海平,海上明月共潮生。……
江畔何人初见月?江月何年初照人?
——张若虚《春江花月夜》

> 时间与生命。

诗人为明月的浩荡光芒所陶醉,情怀苍茫,向谜一样的宇宙发出了诗意追问,这追问是不求答案的。他们不会想到,短短千年之后,后人就回答了他们的问题。月亮的诞生时间与寿命,人类的进化过程,等等,全都有了冷冰冰的答案。

所有事物,必在某时开始,某时结束。表现最鲜明的是生命现象。刹那间,无数生命无中生有;刹那间,无数生命被无声删除。时间的左手为我们打开生命之门,右手又将生命推入万劫不复的黑洞。诞

> 生命固然渺小,然而山海、地球、太阳、银河系在宇宙中也一样渺小。而时间,见证了

生、生长之时,唇吻翕辟,微笑狂歌,满目青山,欣欣向荣;转瞬之间,枯萎僵硬,生机尽丧。无生命之事物,山海、地球太阳、银河系等等,竟也遵循与生命近似的生死规律。

时间是总裁判,它不但拥有所有开始,也拥有所有结局。

> 所有事物的开始和终结。

20世纪20年代,哈勃发现红移定律,科学家们由此惊讶地领悟到:就像由分子、单细胞开始,最终进化出人类一样,宇宙也是不断演化的。宇宙起源于"奇点"。那时,一股不可思议的力量导致大爆炸发生。——时间开始了,空间展开了,太阳燃烧了,地球凝成了,月球被抛向空中,海洋涌起波涛,生命狂欢,人类站起来了,李白把酒问月了。

斯蒂芬·霍金在《时间简史》里,常常提到上帝。当他描述黑洞和奇点时,我想,你为何不问一问此时此地上帝在哪里呢?霍金不问,爱因斯坦同样如此。他们对能解答的尽力予以解答,不能解答的就还给上帝。宇宙是供人类思考的,上帝不是。时间不能衡量上帝。只是他们有个共同发现:上帝很清闲,上帝无所事事。

> 上帝无需解答任何问题。需要解答问题的是人类。

上帝无所事事。

人类以宇宙为背景而忙碌。

人类在时间里忙碌。

人类太忙碌了。

> 时间只对生命有意义。

3

寥落古行宫,宫花寂寞红。白头宫女在,

> 时间与巨人。

闲坐说玄宗。

——元稹《行宫》

从前、古时候、很久很久以前……不同地域不同民族的民间故事，几乎总是这样开头。事物在已逝的时间里展开，时间之箭向我们身后飞逝。从事物总是在持续变化并必定消亡这一角度看，时间就是一场弥漫所有空间的飓风，成就一切，衡量一切，摧毁一切，所有事物在它面前必定一箭毙命。在时间这个最伟大的批评家面前，不论曾经多么绚烂华丽，最终必显露苍白本质。不可一世的玄宗皇帝，转眼之间成了"从前"，成了白头宫女茶余饭后的谈资。

玄宗曾是一种巨大存在，他是那一段时间里的恐龙，没有第二个人比他更重要。颤抖的臣民表达最崇高敬意的方式，是向他高呼万岁、万万岁。数千年来，"万岁"一直是皇帝的专门称谓，偶尔也会用到其他人身上。猴类社会中地位低的猴子，会采用给猴王梳理毛发抓虱子等方式献媚。有时间意识的人类，就发明了高呼万岁这一口惠而实不至的献媚方式。

秦王嬴政39岁称帝，他选择"始皇"为名：我创造了新时间，属于我的时间开始了。始皇以他疯狂的暴力，把人世间能征服的都征服了。他看着自己创造的伟业，颇为满意。还有什么供他征服呢？——时间，他企图征服时间。晚年始皇狂热地追求成仙，他要成为能够彻底摆脱时间裁判的仙人。寻觅长生不死仙药的方士一批又一批奔向远方，与始皇玩着危险的游戏，有的方士不慎被杀。始皇在巡游庞大帝国途中身染重疾，死神迅速向他靠拢。

人类想要征服时间，但也只是枉然。

死——把"时间"交出来。始皇从来拒绝正视这件事。他讳言死,犯讳者立即处死。有人送来一块刻有"始皇帝死而地分"文字的陨石,他命人以烈火将其焚毁。这正显露了他内心的恐惧。

巨人掌控时间的冲动是强烈的,那巨大的力量甚至能取消人们对时间的正常感觉。巨人的时间开始了,庸众的时间却在昏睡。巨人的正常死亡则成了意外的灾难:他一直在保护我们,可是他突然放弃了这件除他之外谁也干不了的事,从时间里消逝了。人们产生了强烈的恐惧无依感:时间里不能没有他。本质是:众人没有自己的时间。

所谓没有自由,就是没有自己的时间。

幸亏时间给了人类"闲坐说玄宗"的权力,去稀释巨人造成的空前压力。

> 庸众的时间不在自己手里,而是被别人、被外物支配。庸众把自身生命的意义又寄托在了"巨人"的生命中。

4

仙界方一日,世上已千年。

——民谣

> 时间与距离。

渊默的宇宙一定有这样的善意:把时间公平地赋予每一个生灵。以为自己应拥有更多时间的始皇玄宗们,都必须在一定时间内死去。

可是,时间错位、时间歧视却是一种由来已久的现象。

总是小人物等候在大人物门前,而不是相反。秦始皇可以对所有人说:我没有时间。而没有一个人可以对始皇如此说。始皇让你去作战,建长城,修

> 时间错位源于地位、权力差异,时间歧视源于文明的差异。

陵墓，你不可能以没有时间为由拒绝他。

欧洲文明人到达美洲大陆，他们发现，美洲土著与他们这些文明人不在同一时间里，土著人生活在文明人数千年前或数万年前的时间里。在时间里走得快的人，毫不留情地对走得慢的人举起了屠刀，美洲土著几近遭受灭顶之灾。澳洲土著的命运也是如此。那些文明强盗对亚洲人、非洲人怀有同样的心思，只是因文明进程相对较近，他们没办法吃掉我们。

基于一些简单思维，我对外星人曾经到达地球之说怀有彻底怀疑。我坚信，所有关于 UFO 的知识没有一件能被证明不是无稽之谈。

日地距离是 8 光分（光在 8 分钟内所走距离），假设太阳此刻熄灭，8 分钟后人类才知道。这一点距离已经令人类望洋兴叹了。太阳近邻"比邻星半人马座"恒星，距我们 4 光年，不知人类未来能否克服这一距离。人类已知：类地球行星在宇宙中极为罕见。近邻 4 光年处没有，1 万光年、2 万光年距离内皆未发现。不久前，科学家终于在距我们 2.5 万光年处发现了一颗类地行星。假设这颗类地行星此刻爆炸，2.5 万年后人类才会知道。

宇宙里有能克服如此遥远距离的生灵吗？

上帝让星际距离如此遥远的目的是什么？

——上帝喜欢一个空空洞洞的宇宙？让宇宙中的生命永远老死不相往来？给无情时间提供足够大的舞台？

若外星人到达地球，面对我们，恐惧躲避、神龙见首不见尾的肯定不是他们。我们难以想象他们在智慧上的发达程度。他们必有智力上的绝对优

时间会说话

能克服遥远距离到达地球的外星人，对地球人一定存在时间

势——他们到达地球之前,就拥有控制改造地球的能力。他们也许会做出这一判断:地球人刚刚进入原始信息时代,处在特别能制造垃圾的状态,类似我们的 500 万年前;由于进化时间的巨大差距,我们与他们无法沟通,就像他们与地球上的青蛙无法沟通一样……

如果这些外星人像人类从前的殖民者一样,他们也许会做出这一决断:地球文明太原始了,地球人是不值得珍惜的物种;应当把地球打扫干净,当作我们的空间站或殖民地。

如果他们是本性善良的,或许会做出这样的决断:地球人已可以归入智能生命之列,应加以保护;地球人寿命很短,繁殖能力惊人,对环境破坏力惊人,如果不加以干涉,地球人会在短短 1 000 年(地球年)内灭绝。

有能力到达地球的外星人,在地球人眼里,那大约就是上帝,或上帝的使者吧?人类的想象力很发达,但在哪一个人的想象里,上帝不是一个人形生灵?

> 歧视,他们或是重现地球上的种族灭绝,或是物种保护,成为地球人的上帝。

5

遥望齐州九点烟,一泓海水杯中泻。
——李贺《梦天》

> 时间与自己。

地上的诗人使劲让自己站到天上去。

从一个很高很远的地方看一看自己,这似乎是人类亘古以来就有的冲动。

大爆炸理论这样描述：大爆炸形成的宇宙是一个在某时开始，某时结束的宇宙。人类思考的就是这个宇宙。由此推论，既然如此，这个宇宙必是一个有限宇宙。而有限宇宙必以无限宇宙为背景，就像一粒原子必以物质世界为背景一样。

一个普通人对宇宙对时间的感受，与科学家的思考肯定有天壤之别。面对宇宙、时间，我的大脑我的灵魂只能陷入混沌。我知宇宙存在，宇宙知我存在吗？我只好替宇宙答道：不知。

我们的身体由原子组成，可是，我怎么觉得我距离原子和距离宇宙一样遥远啊？

——我们从哪里来，要到哪里去？

托尔斯泰向一只青蛙弯下腰去，他问道：你好吗，你活得愉快吗？

青蛙转身跳到了水里。

情感深邃的托尔斯泰，晚年完全摒弃了每个人都可能有的恶习：傲慢。他向所有弱者，向所有强悍者，向所有恶人，甚至向一只青蛙弯下腰去。

> 时间面前，万物平等。

《圣经》中说："上帝让日头照好人，也照歹人。"

只要把眼光放得稍微高远一些，就应该理解：上帝（或宇宙或时间）绝不会区别对待青蛙和人类的。

青蛙的心脏在跳动，人类的心脏在跳动，树木花草在争奇斗艳。所有生命甚至无生命的一切，往往都有一种"激动"表情。似乎一切事物都知道：时间有限。

> 自己的生命必将消失，那么自己于宇宙中存在的意义是什么？

时间，必将揭露一切的时间，你的心脏在哪里？一切都将寂灭于时间里，时间寂灭于哪里？时间，你为何一定要把激动不已傲慢自大的我化为一粒尘埃?

  在最寂静的深夜,在几乎只有自己心脏跳动的虚空里,我似乎听到了时间之箭飞逝的声音。

  飓风里的这一粒尘埃,上哪里去寻找一个确立自己的坐标?

2 人类是个"怀乡团"
——陶渊明何以有意义

采菊东篱下,悠然见南山。

——陶渊明《饮酒·其五》

在文学史和文化史上,陶渊明的形象似乎已被这两句诗定格。——这两句诗就是陶渊明。人们愿意相信,确实有一个悠然、洒脱、静穆、无忧的陶渊明存在。

竹篱边,菊花旁,一杯酒,一张琴,一位安静无忧的诗人,没有来路的荒凉,没有前方的迷茫,没有灵魂深处的孤独挣扎。自古以来,无数吟咏描绘陶渊明的诗文与绘画,呈现的往往就是这一意象或场景。人们不约而同地认定诗人已经这样并始终这样了。

这是不可能的,人是不可能轻易抵达静穆境界的,更不可能永远静穆。

陶渊明经常有咬紧牙关的时刻。

这是人类中古时代,中国魏晋时期。公元400年前后,东方中国处于一个漫长的乱世极端状态,社会进一步趋向碎片化、丛林化。建安风骨已是风骨无存,魏晋风度亦风光不再。士人皆成惊弓之鸟,诗文无不热衷于浮艳藻饰,士风、文风萎靡至极。这个时代少有伟人,陶渊明却是一个。这位伟人以最平

平凡、卑微,然而真诚。

凡甚至是最卑微的面貌呈现自己。

众人纷纷往一个方向去了,陶渊明独自去了另一方向。他在田园里将人生坚持到了终点。猛兽们在丛林里咆哮,田园之鹿卧于树荫。人生里虽有喜悦,但更多的是荒凉、孤独。所以,他时时需要一杯酒的支援与搭救。他没有想到也不会想到,在他之后,他的田园竟沿着他选择的方向,进入历史,走向未来,来到我们中间。他的田园产生了无限丰富的意义。

屈原歌哭无端苍茫无际,他把命豁出去了;李白大喊大叫飞扬跋扈,他把心脏挂到胸腔外面了;苏东坡喋喋不休万斛泉源,他把"满肚皮不是"化作一腔豪气了。陶渊明呢?他隐忍内观自言自语:我只想过我一个人的日子。

陶渊明在进行着一场"生命审美"的实践。晋人不约而同地投入一场"生命审美"运动,直接把个体生命的气质、形象、语言、行为等当作审美对象。在相当程度上,人们从"忠"转向了自身。这堪称中国皇权史上的奇迹。所谓魏晋风度,"生命审美"是核心。陶渊明是魏晋生命审美的成功典型。

陶渊明完全不存赢得世人围观喝彩之愿望,实际上在其有生之年亦未得半句喝彩声,但其"自言自语"却一再穿越时空,抵达一代又一代人的内心。陶渊明堪称魏晋风度退潮后沉淀下来的一颗珍珠,已近似一粒文化"元种"。对渊明来说,与自己对话,比与世界对话更重要。而与自己对话只要足够真诚,竟然就是与世界对话。隔着一千六百年岁月,我们回视品读渊明,会加倍感受到这一点。

> 第二辑 时间会说话

> 猛兽与鹿,丛林与树荫,咆哮与卧,构成了两种精神特质、人生追求、生活状态的对比。

> 四位伟大诗人,四幅精神画像。前三位或浪漫或豪放,他们是面向世界的;而陶渊明回归田园,他选择了面向自己。

> 陶渊明只求与自己对话,而此后的人们通过读陶渊明产生了种种共鸣,隔着时空,陶渊明与世界展开对话。

陶渊明给中国文化额外增加了一个灵魂——田园魂。陶渊明之前,这个灵魂若隐若现,陶渊明把它显化了,让它成为幽灵。只要是幽灵,就有一再现身的能力。

<u>陶渊明呼应着一代又一代人的田园梦、怀乡梦。</u>

点明"怀乡"。

> 归去来兮,田园将芜胡不归!
> ——《归去来兮辞并序》

中国读书人大约无人不知这声长唤。

公元405年11月,41岁的陶渊明自免彭泽令,赋《归去来兮辞》,经历了五仕五隐,最终彻底归隐,直至去世。

巨大的振幅算是结束了,而生活、生存不可能是静止的。敏感深情的诗人更是如此。《归去来兮辞》,多么像一颗伤痕累累的童心的吟唱。

四十一岁时的这场退却,是陶子人生的一个坐标。

人们往往易见陶子的淡泊宁静,而漠视陶子的孤独、耿介、酸楚、躁动。<u>我们不能因为喜欢一个静穆的陶渊明,就无视他的矛盾痛苦。孤松寒柏的耿介之气弥漫陶子一生。鲁迅就说陶渊明并非"浑身静穆",也有"金刚怒目"的一面。淡泊澄明怎么来的?一腔热血酿成。"世上没有一个人能够有持久的宁静。"(叔本华语)这话是符合人性本相的。幻影般完全静穆的陶子,是不存在的。</u>

"金刚怒目"之后才有"浑身静穆"。

陶渊明由"人间"决绝退却至田园。这颗田园魂没有止步于田园,他那颗追求生长的灵魂,常常需咬紧牙关。身在仕途,"口腹自役"的生存令人厌恶;回归田园,回归陶子视为安身立命之所的田园,这颗田园魂却又不时逸出田园。似乎是归宿的田园,仍只能视为陶渊明的一个人生驿站。

我低至泥土草根,却可以心雄万夫。有耿介之节,方有淡泊之怀。踏过了荆棘之路的陶子,方能由田园到达他的精神"桃花源"。"桃花源"意象将这颗田园魂推至极致。陶渊明的深邃在这里。

由田园抵达"桃花源",是陶渊明的必然。

"桃花源"概念在中国堪称妇孺皆知。《桃花源记》则似乎是一篇能够永远生发新意义的文章。

> 晋太元中,武陵人捕鱼为业。缘溪行,忘路之远近。忽逢桃花林,夹岸数百步,中无杂树,芳草鲜美,落英缤纷。渔人甚异之,复前行,欲穷其林。
>
> 林尽水源,便得一山,山有小口,仿佛若有光。便舍船,从口入。初极狭,才通人。复行数十步,豁然开朗。土地平旷,屋舍俨然,有良田、美池、桑竹之属。阡陌交通,鸡犬相闻。其中往来种作,男女衣着,悉如外人。黄发垂髫,并怡然自乐。
>
> 见渔人,乃大惊,问所从来。具答之。便要还家,设酒杀鸡作食。村中闻有此人,咸来问讯。自云先世避秦时乱,率妻子邑人来此绝境,不复出焉,遂与外人间隔。问今是何世,乃不知有汉,无论魏晋。此人一一为具言所闻,皆叹惋。余人各复延至其家,皆出酒食。停数日,辞

田园之后,还有桃源。

去。此中人语云:"不足为外人道也。"

既出,得其船,便扶向路,处处志之。及郡下,诣太守,说如此。太守即遣人随其往,寻向所志,遂迷,不复得路。

南阳刘子骥,高尚士也,闻之,欣然规往。未果,寻病终,后遂无问津者。

存在的孤独是必然的。区别在于是主动孤独还是被动孤独。人们体验到的孤独大多是"被动孤独",是不得不孤独。而渊明是主动孤独,他主动接纳这份孤独人生。一颗闹哄哄的灵魂里,难以生长高品质的事物。"闻多素心人,乐与数晨夕。"(《移居》)陶子得知有一些"素心人"在一个地方居住,就把家搬过去了。"素心"就是守拙之心、自求孤独之心吧。"桃花源"这方净土,只有一颗"素心"才能发现。桃花源里的人则全都是"素心人"。

从外在的东西看,退却到泥土草根的陶子,关注丰歉、带月荷锄的陶子,把酒话桑麻的陶子,与农人无异。但他本质上显然不是农人。他的精神疆域,也非有限田园能够容纳。"静念园林好,人间良可辞。"(《庚子岁五月中从都还阻风于规林》)他辞别"人间",却无法离开这个无道世间。

自古至今,人们不但争论陶渊明笔下的桃花源是人间还是仙境,还争论桃花源是在南方还是北方。大有胶柱鼓瑟之嫌。其实不必争论。"桃花源"是从陶子灵魂疆域生长出来的,唯有陶子能让它生长。它显然是一个既非人间又非仙境的"乌有之乡"。

人间—田园—桃花源,画出了陶子灵魂生长的

辞别"人间"是为追寻灵魂的平静与自由,而"无道"世界却是他生存之所,逃无可逃。

胶柱鼓瑟:比喻固执拘泥,不能变通。

轨迹。

晋太元中、渔人、太守、刘子骥等等,你看,陶渊明言之凿凿,分明在呈现真实事件、真实时空,可是,他同时告诉你:那一切并不存在。

太元是东晋孝武帝年号,去陶子写此文仅二十年。渔人,朝代更迭里的草民、顺民,皇权体系中一个最小纳税单位。太守,统治者序列中的一员。刘子骥,实有其人并甚有名望,桓玄叔父桓冲曾请他做长史,固辞不受,一直乡居。起初,渔人一派天真,先"忘路之远近",再"舍船",一"忘"一"舍",在无目的且不动心机的前提下忽然到达桃花源。"土地平旷,屋舍俨然""黄发垂髫,并怡然自乐"。渔人所见如此。桃花源人虽历数百年,对暴政的恐惧却如基因一样代代相传。乍见渔人,桃花源人的惊讶程度远胜渔人乍见桃花源人。面对忽然而至又将离去的渔人,桃花源人小心嘱咐:"不足为外人道也。"渔人转脸就辜负了桃花源人,无半点负疚心理,离开时沿途"志之",并马上报官。这是由渔人作为顺民的"工具性"所决定的,其天真具有暂时性。太守立即派人去寻桃花源,作为向导的渔人竟连亲手所做记号都找不到了。"寻向所志,遂迷,不复得路。"<u>渔人与统治者,丧失天真,不能"忘"、不能"舍",寻桃花源必定是南辕北辙</u>。

故事到此完全可以结束了。陶子却不肯结束。"高尚士"刘子骥可视为与陶渊明同类人物,或许能找到桃花源。陶子向往并创造了这个"桃花源",诗笔一挥又让这个刘子骥动心动念去寻找。"未果,寻病终。后遂无问津者。"陶子把渔人已眼见之、足踏

> 《桃花源记》中"忘路之远近""便舍船",一忘一舍,两个动作,成为回归天真的标志。

之、饮其水、啖其鸡的桃花源凌空架虚,悬于乌有之乡,极逼真又极空灵。抱着寻找桃花源这一目的从人间出发的任何人,都只能空手而归。陶子就是这么安排的。陶子真是厉害。

陶子说得明白——桃花源这个美丽新世界是他心中的梦幻泡影。心中有桃花源,世间无桃花源。它在人间,又不在人间。它不是人间,却比人间更具人性、人道。无意求之而得之,有意求之则踪影尽失。似乎是完全纪实,却又是彻底的浪漫。真即是幻,幻即是真;非真非幻,非幻非真。作者喜悦乎?苦闷乎?迷惘乎?渊明这是在开一个什么玩笑?

陶子做了一个大梦,借此发出此生最深长最有意味的一声叹息。人性、人道、人与人、人与自然,若如桃花源呈现出的那样就好了,人间却偏偏不那样,偏偏截然相反。人间与桃花源,是两个不能沟通的世界。桃花源拒绝沟通,恐惧沟通。这竟然是桃花源存在的前提。桃花源人从一开始就明白这一点。

人间—田园—桃花源,这是陶子用生命串联起的一个非凡的意义领域,形成陶渊明人生求索、生命审美的广阔天地。依从生命中那份"天真"的召唤,陶渊明从他厌恶的"人间"退却至田园。田园的美好、艰辛与孤独,他都咀嚼品味过了。肉身需地址,灵魂无疆界。田园不是他人生的终点,这颗"田园魂"常常飞升至他心中的桃花源。

桃花源人侥幸地逃离了暴政,并从此逃离了残酷的克隆一般的朝代更迭,进入了一个无统治者无王税的"田园"新时空。陶子及芸芸众生,却不可能有这种幸运。桃花源人"不知有汉,无论魏晋"。以

> "无论"二字,体现出陶渊明对晋的不满和批判。

如此口吻提及故晋,可证陶渊明对晋的眷恋即使有,亦相当有限。陶子无半点愤青式表达,批判性却甚彻底。

中国古代,找不出哪篇文章比此文更富张力。

《桃花源记》是《桃花源诗》的序,却远比诗有名,诗反而像是对序的注解。"春蚕收长丝,秋熟靡王税。荒路暖交通,鸡犬互鸣吠""奇踪隐五百,一朝敞神界。淳薄既异源,旋复还幽蔽"。彼岸与此岸,理想与现实,桃花源与人间,一淳一薄,尖锐对立,虽灵光乍现,却只能迅速"幽蔽"。桃花源人压根就不相信外面会有"好"人间。诗如此结尾:"借问游方士,焉测尘嚣外。愿言蹑清风,高举寻吾契。"陶子并不愿他人陷入"迷魂阵",说得极明白:桃花源在尘嚣之外,从人间出发焉能抵达?我陶子只盼踏着这一缕清风,去寻觅那与我灵魂契合的事物——桃花源就是我的虚构,它只在我心灵世界里。不少注家把"寻吾契"注解为寻觅世间桃花源,那不成了陶子自打耳光吗?在闭塞的古代,小规模的治外之地并非罕见,但皆非陶子笔下桃花源。陶子这一幻想、理想必有所本,但他把"所本"也虚化、幻化了。在漫长的田园生活中,在对生命的审视与感悟里,在与生存的艰辛抗争中,陶子灵魂已到达澄明之境。《桃花源记》是陶渊明的一次精神远足,灵魂放飞。在这样一个悲惨人间,在他安静寂寞的田园里,他知道自己的喜悦、苦闷与迷惘。他向往桃花源人自由、自然的人性,亦理解渔人及太守的卑陋心机。桃花源自求"幽蔽",正如陶渊明之自我退却。桃花源是陶渊明深邃灵魂不容侵犯的象征。表面上是此世弃我,本质上

桃花源是陶渊明灵魂的归处,是其生之理想,它的产生源于陶子对尘世的厌弃。

是我弃此世。

陶渊明之后,吟咏唱和桃花源成为历久不衰的文化现象,历史上找不出哪篇古文,受到过如此热烈追捧。古代,不仅仅是士人,各级统治者乃至皇帝本人,对桃花源式"治"外之地亦常心生向往。古史中这种消息不难找到。乾隆皇帝就写有数首咏桃花源诗。陶子的桃花源,对统治者的人性、非工具性的一面,竟然亦形成一种检验。不管是什么人,只要他会念及桃花源,即可证其尚未被彻底工具化,尚存对非工具性的向往。历代吟咏桃花源之作,可谓汗牛充栋,激我最深者乃王安石之《桃源行》。"儿孙生长与世隔,虽有父子无君臣""重华一去宁复得,天下纷纷经几秦"。重华(舜)之世不可再现也,秦政非秦一代而终也,桃源梦千古大幻梦也。王安石诗境界阔大,思理邃密,深得陶子旨趣,不愧为政治家诗人。

幽蔽的桃花源可望而不可即,却打通了人类的某种美好情感。古今中外不断有思想伟人在幻想好的人类生活。从柏拉图的《理想国》,到托马斯·莫尔的"乌托邦",再到圣西门、傅立叶、欧文的"空想社会主义",可证对美好社会的向往,是人类前行的永恒动力。梁启超则把桃花源称为"东方世界的'乌托邦'"。桃花源有儒家《礼记》"大同世界"的影子,亦有老子"小国寡民"的痕迹,但又与它们有着根本不同。陶子把桃花源人的声气口吻呈现给了我们,看上去那是一个可以诗意栖居的美丽新世界。桃花源比所有长篇大论的"乌托邦"都有诗意,也更似梦幻泡影。陶渊明并不存为社会开药方之想。面对永远充满苦难的现实,自古至今,自以为手中有灵丹妙药

> 引得历代士人、统治者纷纷唱和,体现了他们对人性、非工具性的追寻。

> 桃花源是陶渊明的理想与梦境,也成了后世人们的精神家园。

的人真是太多了。

桃花源,这个妇孺皆知的概念,是陶渊明贡献给我们的。妇孺皆知,可不是一件简单事。桃花源,明明是陶渊明之梦,至今却仍在拨动人类的心弦,它的意义仍在生长。

人们不仅仅吟咏唱和《桃花源记》。陶渊明之后,唱和陶渊明亦成为千年不绝的奇观。被唱和如此之多之久,历史上并无第二人。

陶渊明开创了田园诗,后世竞相效仿。王维、孟浩然、韦应物等诗人,都写出了大量优秀田园诗,与陶子相比,却大多似城里人在说乡下事。自古就有人指责渊明是"自了汉"。奇迹在于,他在此路上可说实现了"立德"境界。达则兼济、穷则独善,是孟子所标榜士人的应世之道。渊明是独善其身的极致,放弃立功,亦无意于立言,其诗文远离时尚,只为自娱,在当世毫无影响,立德境界却在近似自然的状态中实现了。所立之德就是:追求人性的自然、自由、澄明。渊明所立此德,无违其深厚仁德,却有反工具性之潜质潜能,能启发存在感,能指向未来。显然,这不是皇权推崇之德,但皇权有时亦对之略示尊重。杀隐士这一极端行为,只有朱元璋干过。明清时代,皇权臻末世,奴化达顶峰。

为何,无数人会念叨陶渊明?为何,无数人认为自己的生命里该有一个陶渊明?

士人喜欢陶渊明有多深,其反工具性愿望即有多强。

对陶渊明的景慕,至宋代达顶峰,士大夫"嗜陶"成为普遍风尚。这其中,以苏轼、辛弃疾为杰出代

> 开创田园诗,以其追求人性的自然、自由、澄明而影响后世,实现了"立德"的境界。

> 士人有着强烈的反工具性(奴性)的愿望,他们在陶渊明处可以寻得滋养和共鸣。

表。二人同为豪放派词人，一为大才子，一为才子兼英雄，遭遇皆曲折异常，登高望远，识破机关，却只能无奈悲叹。才子的豪放，英雄的豪放，不约而同折服于陶子式的隐士"豪放"。

苏、辛主位人格乃积极用世者。似乎淡泊的渊明，却最能打动他们的才子情、英雄魂。渊明的柔软、自然，正是从不屈的热血刚肠中生长出来的。越是真才子、大英雄，其自然自由之我越是难以被彻底压抑取消。景慕渊明，正是对自然自由之我的深情呼唤，对工具之我的反抗。皇权时代无数士人，皆承受过欲为"自了汉"而不得的痛苦。人们喜欢渊明，其文化、心理原因就在这里。渊明不朽的原因亦在此。

普遍的怀乡情结、田园情结，正源于追求自然、自由之我。故乡、田园的深层意蕴正是自然、自由这一人类根性。

真正的诗人，几乎无不怀乡——诗人是个怀乡团。放大视野看，怀乡者不只是诗人，历史上，广大士人亦普遍怀乡——士人是个怀乡团。可是，怀乡者群体还要广大得多。蚂蚁般丛集蜗居在楼群丛林里的现代都市人，如能面对一片原汁原味的田园，竟如面对一个熟悉的奇迹。那田园为何看上去如此喜悦？那田园为何恍然如我一个睽违太久的"家"？那田园为何如我的一个梦？那田园为何如我的前生？无他，只因田园正是人类的根性所在——人类是个怀乡团。

人类经历了漫长的采集、狩猎、游牧历史，始到达以耕种为特征的田园定居时代。田园让人类第一

反工具性，即是对自然、自由之我的呼唤。

追求自然、自由之我，因而产生了怀乡、田园情结。

从诗人到士人到现代都市人到人类，都具备追求自然自由的根性，因此，人类是个怀乡团。

睽违（kuí wéi）：分离；不在一起。

为什么人类会产生怀乡情结呢？

次生根。田园的根性,让人类从动荡野蛮的生存,进入相对安静质朴的生存,人类文明始进入快速创造积累时期。千百万年的积淀,已使田园成为人类文化基因。普遍的怀乡情绪,正是这一基因的投射。田园,是人类创造的"人化自然",或曰第二自然。田园的根系关联着大自然,关联着山河大地天空宇宙,当然亦关联着人的自然、自由本性。陶渊明汇聚升华了人类的田园情感,成为负载这一情感的符号或曰幽灵。

今日之世界,真是一个新世界,可是却远非美丽新世界。大自然从未遇到"现代人类"这一劲敌。从溪流到海洋,从土地到天空,无不呈现出败坏之相。雾霾以幕天席地的阵容,从容不迫地围剿人类。有没有"制空权",真是太不一样了。人类再嚣张,不如雾霾嚣张。在这样的时候,陶渊明的影子竟然会朦胧浮空,重现人间。

> 陶渊明对今日世界的意义。

人充满劳绩,但还诗意地栖居于这块大地之上。

——荷尔德林《人,诗意地栖居》

"诗意地栖居",没有比陶渊明更适合描述这句话的诗人。忧勤一生,诗意一生,痛苦一生,亦"任真"一生。这就是陶渊明。这一生,竟然亦可以是无数人向往的一生。

> 陶渊明的田园为人们提供了"诗意地栖居"的范式,供人们追寻与反省自我。

得意时想到陶渊明,那是念及人生的限度;失意时想到陶渊明,那是寻求生存的慰藉。田园,是人类最初的诗意,也是永恒的诗意。陶渊明站在田园里,望自己,望人类,望宇宙。陶渊明站成了一个精神坐标。陶渊明是一笔能够不断生发意义的遗产。

那一团幽隐的光明,能照见我们生活的另一面。幽灵有分量有压力,以一种温柔又充满韧性的声音,提醒着我们的生活或我们的存在。

人类是个"怀乡团"。陶渊明有颗"田园魂"。

3　独唱的灵魂

屈原留给历史的最后表情是委屈。

屈原被深深地委屈了。历史完全承认这一点。

中国的诗神是屈原。一个人、一个诗人，具有了近似宗教的意义。他那巨大的存在，从帝王到平民都难以忽视。在民间，他的确具有准神祇意义，人们却将他区别于任何神，百姓对他不求不拜，只以一个独特的节日来纪念他，纪念这个受了大委屈的人。

满腔忠贞、满腹委屈的屈原，行吟泽畔，行吟于遍生橘树的楚国，走进历史深处，走进一个水汽淋漓的节日。

这个节日就是端阳节。

端阳节在屈原之前早就存在。在古代，端阳被视为一个可怕的时刻。按夏历，五月初五正处在小满与夏至之间，此时阳气极盛，疫病也最易流行。古人即取忌讳方式称五月为恶月，五月五日更被视为恶月中的恶日。这一天出生的婴儿甚至都不能让其存活。战国四君子之一的齐国孟尝君就因生于此日，差点被父亲扔掉。东晋名将王猛在这一天生有一孙，王猛的豪气非同一般，不但拒绝他人将孙子送出去的主张，还为其取名"镇恶"。王镇恶后亦成为一代名将。直到明清，民间仍保持这一天不汲水、不迁居、不曝床席等忌讳。在古代，人们曾将端阳节先

> "信而见疑，忠而被谤"，这是屈原委屈的原因。

> 端阳即是端午。

> 端午的来历及人们利用端午纪念屈原的原因。

后附丽于介之推、伍子胥、屈原,并最终固定在屈原身上。三位古人全都性格奇崛、正气凛冽,且皆死于非命。这个日子不可能与一个世俗意义上的"好命"之人联系在一起。古人从来不把这一天看作平常日子,其投注的感情可想而知。我很怀疑屈原死于端阳节这一说法。我想,人们以之纪念屈原,最早必含有以正人镇邪恶求吉祥之意。

从历史来看,民众将情感投向哪个人,还真不是宣传教育的结果。

1

屈原之诗。

> 帝子降兮北渚,
> 目眇眇兮愁予。
> 袅袅兮秋风,
> 洞庭波兮木叶下。
>
> ——《湘夫人》

这是屈赋楚辞《湘夫人》首段。不看注释,不求甚解,仅轻轻吟诵,异样的天籁般的美感即无边无际扑面而来——生命如花,神灵如云,草木情深,人神相依。这与《诗经》给你的人间烟火气太不相同了。

根源何在?

这一切是怎么来的,根源何在?

屈原(约公元前 340—公元前 278 年),名平,字原,先后忠事楚怀王、楚顷襄王,秦破楚都后投汨罗江而死。他创立了"楚辞"这一文体,《离骚》等二十五篇被视为屈赋楚辞。

其一是地域文化

在远古,南方文化发育迟于北方,荆楚曾长期遭受华夏文明的歧视与征伐。第一部诗歌总集《诗经·国风》未采录楚风,原因或许就在这里。至战国末期,楚文化已相当发达,形成与北方并驾齐驱之势,但文化边界却仍是清晰的。《诗经》记录了黄河流域的文明形态。在《诗经》里,不论是庙堂颂歌,还是田野风咏,都情感质朴、少想象。那是稷麦气息,那是有时温馨有时呛人的人间烟火。而这时的楚地却仍是神话沃野,巫风弥漫,人神共处。作为楚国北部人的老子、庄子,正可看作南北过渡的代表,少了些质朴,多了些想象与浪漫。长江岸边的屈原则纯是南人了。屈原带着植物气息,带着湿地沼泽气息,从另一个方向来了。那牵挂与哀愁,温热与伤感,具有多么醒目的强度啊。

屈子来了。他之来,不是为了加入已有的合唱,而是开始了独唱,开始了水汽淋漓、芳香扑鼻、凄美绝艳的独唱。似乎没有任何征兆,任何铺垫,中国第一位独立诗人横空出世,大放悲声,哽咽难抑,草木为之生情,风云为之变色,神灵为之驱遣。《离骚》《天问》《哀郢》《怀沙》……一章章吟完,投江自尽。屈子死了,楚国亡了。屈子投江激起的这轮涟漪,渐洇渐大,很快,屈子便化为中国文化史上一根最敏感的神经。

吟诗,以诗为交际工具曾是《诗经》时代的日常生活。"不读《诗》,无以言。"(孔子语)那是一个诗像工具一样被普遍使用的时代,却并无独立诗人。屈子来了,这实在非同寻常。

楚辞形式上与《诗经》迥异,句式、篇幅不拘长短,随物赋形,曲尽幽情,诗的表现力得到大解放。

特点对屈赋楚辞的影响。

稷麦气息:生活与现实的气息。

植物沼泽的气息:想象与浪漫的气息。

触动人的感知和情绪。

孔门诗教："怨而不怒,哀而不伤。"屈子却是又怨又怒,气吞声悲,肝肠寸断,大哀极伤。以北方诸子为标准衡量,屈赋真可谓不伦不类,不经不典,可正因如此,屈赋才具备了自为经典的品格。《离骚》是中国乃至世界文学史上最早最辉煌的抒情诗篇之一,亦成为中国文学的重要源头。从此中国文人的伤感有了深度,有了参照,从此《诗经》《离骚》并峙,进而风骚并称,成为文学的代名词。

> 与众诗不同,独树一帜,极富抒情性。

春秋战国是华夏文明走向成熟的时代,是思想哲学的自觉时代,思潮激荡且主流已显。这一大潮中的楚文化却仍保持青春气象,狂热、纯洁、生猛,并具原始气息。屈原是这一文化的集大成者,又是它的极端代表。诸子之文皆可视为文学作品,但文学是以寄生状态存在。屈原的横空出世,标志着中国文学自觉时代的到来。屈原带着源自南方沃野的新鲜血液,猛然楔入华夏文明腹地。

> 诸子之文学性依附于实用性而存在。

中国第一个独唱的诗魂痛哭登场——行吟泽畔,颜色憔悴,八方有灵,四顾茫然,"东一句西一句地上一句天上一句"(刘熙载《艺概》评《离骚》语),自言自语,绵绵无尽。他似乎将我们带离了历史、生活现场,进入一个似真似幻、婉转浩瀚、芳菲迷离、匪夷所思的世界。而这一切竟是因为他承受着超常的现实重压——君昏国危,党人跳梁,朝政日非,宫阙日远,他一再被疏被逐,无助绝望日甚一日。

> 其二是屈原自身经历对其诗歌的影响。

2

长太息以掩涕兮,

> 屈原之志。

哀民生之多艰。

——《离骚》　悲悯。

亦余心之所善兮，
虽九死其犹未悔！

——《离骚》　坚定。

路漫漫其修远兮，
吾将上下而求索。

——《离骚》　执着。

《离骚》作于屈原初被怀王疏远或第一次流放之后。忧心如焚，缠绵悱恻，辞意哀伤而志气宏放。这时的屈原希望未灭，心存幻想，切盼怀王悔悟，让他重回郢都，为国效力。这数句诗，将屈原的人格主要特征、困境意识表达得很充分。

屈原陷入困境，导源于楚国陷入困境。

屈原出身楚国贵族，主要活动于楚怀王时期。怀王为太子时，屈原曾长期侍读。怀王即位后，屈原深得其倚重，位为左徒、三闾大夫，"博闻强志，明于治乱，娴于辞令，入则与王图议国事，以出号令；出则接遇宾客，应对诸侯。"（《史记·屈原贾生列传》）屈原仪表出众，风度翩翩。古人是迷信相貌的，相貌或许是命运的一种形式，才华和相貌都会引起他人的嫉恨。屈原在作品中屡屡诉说他为嫉恨所困。

正当中国实现大一统前夕，迅速崛起的秦国，雄踞西北，虎视鹰瞵，有野心有实力有动作。对六国来说，存亡是逼到眼前的现实。国际关系错综复杂，有能力抗衡秦国的是齐、楚，齐国在政治上已显颓势，楚国疆域更广更富庶。"横则秦帝，纵则楚王。"天下

横为连横，纵是合纵。若连横成功，称霸的是秦国；若合纵成功，称霸的则是楚国。

不归秦,则归楚。实际上,秦国完成大一统之前,楚国先完成了中国南方的统一。

六国从未有过真正成功的合纵,秦国的连横动作却每每奏效。

已是风声鹤唳的局面。天下大势,屈原看得分明。他的焦虑紧张,由来已久。屈原始终力主联齐抗秦。他屡次出使齐国,都是为了同一目的。可是他的主张与奋斗却一再受挫,楚国逐步陷入为秦摆布状态。屈原亦渐被疏远,直至被流放。楚怀王三十年(公元前299年),怀王应邀赴武关会盟时被秦扣,三年后客死异国。楚顷襄王二十一年(公元前278年),秦将白起攻破郢都。据记载,此时屈原绝望,赋《怀沙》,投汨罗江自沉。

春秋战国之诸子百家,早就认可天下必将重新归于一统,形成"新天下"。天下重于国家,是诸子的共识。到战国时,"邦无定土,士无定主",客卿制盛行,纵横家走俏,朝秦暮楚竟无关人的品质评价。士子们有空前的活动空间。在一个爱国感情相对稀薄的时代,屈原却把自己与楚国命运紧紧绑在一起。

不断有后人这样发问:凭屈之才能,何国不容?何不弃楚而去?屈原不是不明白,而是做不到。屈原并非不认可诸子的天下观,但天下即使不是由楚来统一,也至少要长久保存楚国,这是屈原政治、思想、情感的底线。他融合吸收以儒为主的诸子思想,称道尧舜禹汤,主张仁政,其主导思想是北方的,情感文化却是南方楚国的。作为楚贵族,屈原的家族世代与国家关联极深,本人一度成为政坛中心人物。这一切决定屈原自觉地把个人命运与祖国命运绑在

在客卿盛行、朝秦暮楚的战国时代,屈原对国家的忠贞不贰显得特立独行,难能可贵。

一起。楚国如为人吞灭,于他是不能接受的。举目天下,无处能给他安身立命之感。不是天下不能,是他不能。若能朝秦暮楚,人间必无此屈原。这是解读屈赋,理解屈原异乎寻常感情的基础。

没有任何一部作品能像《离骚》这样,将个人情感、政治际遇、国家命运结合在一起。所谓长歌当哭,《离骚》是也。自成天籁,"自铸伟辞"(刘勰语),《离骚》是也。

"不有屈原,岂见《离骚》?"(刘勰语)没有楚国,亦难见屈原。楚国,屈原,《离骚》,三者可互印互证。"楚,大国也。其亡也以屈原鸣。"(韩愈《送孟东野序》)楚国之有屈原,不是偶然的。各国亡了就亡了,很快便尘埃落定,惟楚国国亡而"魂魄"在。"楚虽三户,亡秦必楚。"楚人在怀王客死之时就喊出这一口号。六国中为何楚国、楚人特别能"记仇",特别怀念故国?除了战国末天下大势这一原因外,恐怕还应从文化上找原因。不能不承认,战国七雄中,楚国文化面貌最鲜明最独特。历史果然应验。反秦斗争中,楚人最为踊跃,陈涉首事,以"张楚"为号,项梁从民间找到楚怀王孙重新立为"楚怀王"。汉高祖刘邦曾为项梁部下,还写过楚辞《大风歌》。新兴汉朝对包括屈原在内的楚人表示了特别的尊重。

楚地独特的文化使屈原有了沉重的乡愁。

> 陟升皇之赫戏兮,忽临睨夫旧乡。
> 仆夫悲余马怀兮,蜷局顾而不行。
>
> ——《离骚》

《离骚》收篇于一场白日梦般的飞升远游。这类似庄子的《逍遥游》。可是当屈原从天界一瞥见故乡,天上的快乐等一切都不复存在,只有故乡,只有魂牵梦萦的故乡。《逍遥游》在想象中完成了对现实的超越,屈原却总是重重地坠落在地。从天空坠落,是屈赋楚辞中一再出现的意象。屈原那里有中国最早最沉重的乡愁。屈原之乡,不是一山一水一村一城,而是苍茫的遍生橘树的楚国。

3

> 后皇嘉树,橘徕服兮;
> 受命不迁,生南国兮。
> 深固难徙,更壹志兮;
> 绿叶素荣,纷其可喜兮。
>
> ——《橘颂》

> 世溷浊莫吾知,人心不可谓兮。
> 知死不可让,愿勿爱兮。
> 明告君子,吾将以为类兮。
>
> ——《怀沙》

屈原之人格。

屈子的人生,从明媚《橘颂》欢快出发,至黑暗《怀沙》痛苦而止。

屈赋楚辞,除《橘颂》《国殇》等数章外,大多篇什皆示人以众芳芜秽、日暮途穷之强烈意象,《怀沙》则是无路可走后的绝命词。屈原对死亡有长久的预谋,死之意愿贯穿于其被疏远流放的全过程。对屈子来说,死是他最后可以使用的工具。"明告君子"

中的君子指商代投水自尽的彭咸。在《离骚》等作品中屈原先后七次郑重述及这位古贤，《离骚》最后两句决绝地说："国无人莫我知兮，又何怀乎故都！既莫足与为美政兮，吾将从彭咸之所居！"意思很明白：我必效法彭咸。这个时候，他尚在壮年。屈子是作为自觉的牺牲者，走上祭坛的。

《橘颂》被视为屈原最早的作品。屈原正当青春，受到与他同样年轻的怀王重用。屈原以遍生楚国凌冬不凋的橘树自喻，扎根祖国，自信豪迈，阳光明媚，与天地、诸神、君王及社会达成高度和谐，显露出强烈的使命感。《橘颂》表明，屈子是一赤子，楚国的赤子。赤子面临相对单纯的局面时会如鱼得水，能按他既有的人格结构勇猛精进。当局面复杂化、异己化，则必会陷入困境。屈原此后的人生正是如此。他把赤子人格坚持到了人生终点。

屈原为何以"橘"自喻呢？

《橘颂》已显露屈原好修求美、自高自贤端倪。同时，屈原有执着的"美政"理想，希望辅佐君王成为尧舜般的圣王。既深深地爱惜自己，又殷切地期待君王与朝廷，这可视为屈原赤子人格的核心内容。不能实现的爱惜和期待，最终只能是毁灭。

《橘颂》与《离骚》都体现出屈原的"赤子人格"。这种"赤子人格"也注定了乱世中屈原的悲剧。

至《离骚》，这一人格特征更加突出。《离骚》开篇赞美自己的出身和生辰后，接着一再申述对美质修能的不懈追求，一再表明对时光飞逝的焦虑。他的根本愿望，就是为怀王、为楚国尽力，并能确立个人"修名"。可是，随着楚国政局的恶化，屈原越是坚持此人格追求，与楚王及朝中党人的对峙便越紧张。怨恨怀王的同时，他强烈谴责党人："惟夫党人之偷乐兮，路幽昧以险隘。"国家即将倾覆的可怕局面就

87

在眼前,"恐皇舆之败绩"便成为屈原心头时时悬着的噩梦。

注重修身、自高自贤、以道自任,傲视王侯至少是平视王侯,包括孔、孟在内的先秦诸子皆有此气象,只是程度、风貌各不相同。这是那个伟大时代足以令千古唏嘘的特征。屈原正具此气象。《离骚》开篇介绍完自己后,即豪迈地说:"乘骐骥以驰骋兮,来吾道夫先路!"为王者师的气度十足。屈原总是比他人更极端。屈原一再申明:"亦余心之所善兮,虽九死其犹未悔!"——我是不可改变的,宁愿死。屈原与楚王及党人难以调和是必然的。

> 宁为玉碎。

失意臣子屈原最终无路可走。越是绝望,越是把唯一希望投向君王。长期以来,他一直企图以心目中的圣王尺度引导塑造楚王。屈原的"恋君情结"是强烈的,君却不恋他。屈赋中处处交织着对怀王极恋又深怨之情。忠君如用情的屈原,所向往的君臣关系类似于亲密无间的"情人"关系。忠君是他永远无法醒来的梦魇。<u>忠极则恋,恋极则怨,恋与怨正是一体之两面</u>。人最强烈的感情是爱情,虽然未必能持久。当其他感情达到一定强度时,亦会呈现"疑似爱情"的状态。屈原这种"疑似爱情"既强烈又持久,堪称亘古一人。屈赋中屈原反复开始他上天下地"求女"的征程,无不以失望失败告终。但是,屈原却将自己的"单相思"义无反顾地进行到底,大约令正宗爱情也望尘莫及了。面向君王的这一"婢妾心态",有深刻的政治及心理原因。忧患极深、心事绝大的"失恋臣子"屈原,就这样把浩瀚无际的诗意、至微至巨的意象与匪夷所思的"疑似爱情"融会在了一

> 《人类是个怀乡团》一文中,作者曾力赞喜欢陶渊明的士人的"反工具性",这些人还保留着自然、自由的根性。对楚王,屈原由忠而恋,由恋而怨,以至于产生"婢妾心态",这是否算是身处巨大的楚帝国之中屈原的"工具性"的体现呢?

起。真是难为了一代又一代解骚者。

后世文人臣子特别乐于营造"求女"意象的传统,不能简单以为是对屈原"求女"意象的效法。以婢妾心态对君王绝非屈原发明。只要存在绝对权力,臣属对君王产生婢妾心态就毫不奇怪。极而言之,只要有人被赋予能决定你一切的权力,你就极有可能以婢妾心态款待他。多少人灵魂早就跪下了,却并不自知。屈原以婢妾式的诚挚劝楚王,但他从未完全跪着。屈原的救国愿望,只能寄托于最高统治者。忠君是绝望中的希望。摆脱婢妾心态其实很容易:缓释爱国之情,出走他国。屈原不是不明白,只是做不到。

当代有些学者,以现代心理学、病理学解读屈原,时有令人耳目一新之发明。但不把屈原放在楚国、放在那个时代,只就屈赋中的一鳞半爪,就得出屈原是恋物癖、同性恋、双性恋、易装癖、精神病患者等结论,实在比《天问》更具想象力。屈原长期身处逆境,备受磨难,身心俱疲,丧失健康,时常陷入病痛或神思恍惚状态,是可以肯定的,其文之恣肆、迷狂、瑰异风貌应当与之相关。就是说,某种程度的精神异常在促使屈原精神能量的爆发、创作能力的强化上,可能起了作用。但屈子坚贞人格始终未曾分裂崩溃,心智未曾瞀乱失序,也是可以肯定的。以屈赋为证。《怀沙》表明,屈原投水之前,彻底绝望,同时高度清醒。他之从容就死,就剩下捍卫人格或殉道、殉国这种作用了。<u>屈子之死是屈子经营最久用情最深的一首诗</u>。

屈原的"天"塌了。

瞀(mào)乱:精神错乱。

为什么把屈原之死称为"经营最久""用情最深"的一首诗呢?

《天问》系屈原晚年之作。全诗一百七十二问,疑至何处,问至何处,只问不答,问就是答。全诗不讲文采,不事修饰,问天问地,问古问今,问他这痛苦的一生。屈原似乎是在宣布他曾有的"天"塌了,类似尼采宣布"上帝死了"。尼采疯了,屈原赋《怀沙》后投水了。令屈原成为疯子的压力比让尼采成为疯子的压力或许更大,但屈原没有疯。葬自己于楚国水土,屈原最终只能做此事了。《怀沙》,有情屈子写给无情世界的绝命辞;死,绝望屈子唱给深情自我的歌。

4

屈原既放,游于江潭,行吟泽畔,颜色憔悴,形容枯槁。渔父见而问之曰:"子非三闾大夫与!何故至于斯?"屈原曰:"举世皆浊我独清,众人皆醉我独醒,是以见放。"

渔父曰:"圣人不凝滞于物,而能与世推移。世人皆浊,何不淈其泥而扬其波?众人皆醉,何不哺其糟而歠其醨?何故深思高举,自令放为?"屈原曰:"吾闻之,新沐者必弹冠,新浴者必振衣;安能以身之察察,受物之汶汶者乎?宁赴湘流,葬于江鱼之腹中。安能以皓皓之白,而蒙世俗之尘埃乎!"

渔父莞尔而笑,鼓枻而去,乃歌曰:"沧浪之水清兮,可以濯吾缨;沧浪之水浊兮,可以濯吾足。"遂去,不复与言。

——《渔父》

屈原之辩。

每个民族都有令人言说不尽的话题人物,屈原就是一个。并且,屈原刚死或未死之时,大约就是这种话题人物了。

《渔父》在楚辞里别具异趣。作者不详。应是屈原之后一位具有道家精神的楚辞作者所为,是最早透露屈原社会反响信息的文章。司马迁把《渔父》录入《屈原列传》,以佐证自己对屈原的评价。

《渔父》极具戏剧性,殊堪玩味,就似在泽畔上演了一幕二人短剧。屈原和渔父皆亲切可感,只是作者反而让渔父显示了精神能量上的优越。《渔父》可能是屈子投水后,楚人对屈原最早的解读。

这一短剧极富张力,是两种道德精神的冲突与映照。在渔父那里,这世界固然不怎么美妙,却是个可以将就可以和光同尘的地方。屈原则是西西弗斯式的反抗荒谬世界的荒谬英雄,伟大英雄。"渔父"是明白这一点的。旷达的渔父,执着的屈原,他们与其说是为了说服对方,不如说是各自进行了抒情式陈述。《渔父》可看作是对屈原内在矛盾的文学表达。这一矛盾在《离骚》等作品中皆有表现。莞尔而笑的渔父扬长而去,枯槁憔悴的屈原葬身鱼腹。

> 渔父与屈原对生死有着截然不同的态度。
>
> 你更赞同谁呢?

屈原不仅醒目地存在过,重要的是他的存在一直深刻影响着后世。屈子之魂扩张了中国人的文化视野和情感深度。

　　王孝伯言:名士不必须奇才,但使常得无事,痛饮酒,熟读《离骚》,便可称名士。

　　　　　　　　　　——《世说新语·任诞》

王孝伯是东晋末不成器的一个人物,《世说新语》的作者在这儿使用的当然是反讽笔法,从中却正可见屈原在士林的影响。自汉代始,读骚解屈就被士林视为高品位精神活动。可是,解屈常常伴随曲解。《离骚》就是供给中国士人的一坛烈酒,有人痛饮,有人浅尝,有人不屑,有人干脆将这坛酒一脚踢翻。

汉武帝令淮南王刘安编撰《离骚传》。"旦受诏,日食时上。"(《汉书·淮南王传》)可见刘安早就将《离骚》烂熟于心。司马迁在《史记·屈原贾生列传》中引用刘安所论:"《国风》好色而不淫,《小雅》怨诽而不乱。若《离骚》者,可谓兼之矣。……推此志也,虽与日月争光可也。"司马迁完全继承刘安论点,并进一步评说:"信而见疑,忠而被谤,能无怨乎?屈平之作《离骚》,盖自怨生也。"突出屈原应该怨,屈赋产生于怨。刘安、司马迁最早对屈原作出高度评价。

此后,围绕屈原,历代文人或褒或贬,或爱或恶,对垒分明,直至现当代。

西汉初贾谊、西汉末扬雄皆为有名辞赋家,都激赏屈原品格及作品,同时痛惜其遭遇,责其未能离楚,全身远害,致遭蝼蚁之辈欺凌。

东汉班固,青年时激赏屈原。自中年奉诏修史后,一改从前立场,激烈反对刘安、司马迁观点,在《离骚序》等文中全面否定屈原,指责屈原"露才扬己""怨主刺上""非明智之器",《离骚》不合儒家"法度"。班固观点的逆转,可视为屁股决定脑袋的古代版本。

> 时间会说话
>
> 一个人所处的位置往往决定了他思考问题的角度和范围。对班固十足的讽刺。

92

东汉末王逸《楚辞章句》是《楚辞》最早注本,对后世影响甚大。王逸反对班固所有观点,视屈原为标准儒家门徒。为此,王逸不惜削足适履。例如,他这样解释《天问》:"何不言问天？天尊不可问,故曰天问也。""天问"这种命题方式,在屈赋及诸子著作中甚为普遍,屈赋中尚有《橘颂》《国殇》等。重要的是,王逸的解读有违《天问》主旨。《天问》正是昊天之下"日暮途穷"的屈原,对"天"的激烈发难。

班固与王逸观点针锋相对,其思想却并无本质不同。董仲舒"罢黜百家,独尊儒术"建议为汉武帝推行后,儒教迅速三纲五常化。班固因感到实在很难把屈原当儒家门徒对待,干脆"打倒屈原"。王逸则煞费苦心"解屈",务必让屈原合儒家"法度",成儒家标准门徒。

汉唐之间是漫长的乱世。历仕梁、北齐、北周、隋四朝的颜之推,在其《颜氏家训·文章篇》中,历数几十位"轻薄"文人,屈原首当其冲:"自古文人,多陷轻薄:屈原扬才露己,显暴君过⋯⋯"颜之推自叹"三为亡国之人",朝秦暮楚,却皆为"忠臣",腾挪躲闪,竟得善终。念此惊魂一生,必有深刻"心得体会"。如此评价屈原,可谓发自肺腑。

自唐代始,统治者不断加封屈原,必将其打扮成忠君道德神。体制塑造符合它的需要的偶像的冲动是强烈的。南宋理学家朱熹作《楚辞集注》,努力把君臣大义从屈赋里读出来,无视屈赋显露的怨气冲天、如梦似狂的精神状态,将"怨"尽解读为"忠",以屈原作孔门太庙之牺牲。元明清诸朝,对屈原或褒或贬,并无超出前代新意,闪光点却是有的。明末清

第二辑 时间会说话

乱世之中看屈原。

唐后历代看屈原。

初思想家王夫之将"忠君"解读为"忠国",同期的金圣叹否定屈原"忠孝著书"说,立屈原"忧患著书"说。二人同历明亡之痛,眼光毒辣,迥异于俗儒,属非常之人非常之见。

皇权时代,围绕屈原的论争,少有艺术批评意味,多有政治道德纠缠。根源在于,皇权专制两千年一贯制,了无新意。

那些真正的诗人、文学家对屈原是何心态?刘安、司马迁之后,贾谊、扬雄、李白、杜甫、柳宗元、辛弃疾、苏轼等皆厚爱屈原。他们甚少参与论争,只是把屈赋精髓融入血液,融入诗文。"文章憎命达,魑魅喜人过。应共冤魂语,投诗赠汨罗。"(杜甫《天末怀李白》)在杜甫想象中,遭遇冤屈奔波湖湘的李白会写诗投入汨罗江,与屈子之魂惺惺相惜。"正声何微茫,哀怨起骚人。"(李白《〈古风〉其一》)真正的诗人,他们的确容易对屈原产生惺惺相惜之情。

> 文人心态看屈原。

诗人中竟也有憎恶屈原的。中唐诗人孟郊有《旅次湘沅有怀灵均》一诗,对屈原评价之劣可说绝无仅有:"名参君子场,行为小人儒。""死为不吊鬼,生作猜谤徒。""怀沙灭其性,孝行焉能俱?""如今圣明朝,养育无羁孤。"简直类同诅咒,连屈原自杀亦被视为不孝。真是令人瞠目。上纲上线式大批判,古人亦懂。上纲上线的作用就是,让本不搭界的意思搭上关系后,会有特别惊悚的效果。诗最后歌颂"吾皇圣明",社会福利好得很。一个很有成就的诗人,为何如此仇视屈原?"昔日龌龊不足夸,今朝放荡思无涯。春风得意马蹄疾,一日看尽长安花。"(孟郊《登科后》)瞅,这个人,登科后狂喜至此。孟郊为

> 功名心态看屈原。

"苦吟派"诗人代表,功名心重却半生困顿,永存一个"朝为田舍郎,暮登天子堂"式梦想,精神人格之苍白干枯由此诗可见一斑。已成标准"小人儒",却完全不自知。孟郊心态就是完全只存一己功名的彻底婢妾心态。

围绕屈原,古代文人似可站成数列。一列:刘安、司马迁、贾谊、李白、杜甫、王夫之等。二列:班固、颜之推、孟郊等。三列:王逸、朱熹等。他们对屈原态度分别为:高度肯定或基本肯定;基本否定或全盘否定;高度肯定或基本肯定但曲解之。第三列虽只列出二人,实际追随者却是一支浩荡大军,一支拿"艺术"比附政治的大军。推敲一下三列人物的思想、情感、个性及文化取向,大有趣味。

对屈原的解读,至梁启超、王国维等现代学者,始基本摆脱皇权道德阴影,置于现代理性阳光之下。可是,时至今日,屈原仍然可以继续被荒谬、被涂抹。

一位诗人,如果能有让历代读者百读不厌的价值,那么他一定具备可以让读者"自我发现"的功能。解说不尽的屈原,就像一面镜子,文人或非文人都可以拿来照一照自己。有人照见面具,有人照见肝胆,还有人照见的不知是什么。

> 读屈原可以照见人心。

5

惟郢路之辽远兮,
魂一夕而九逝。

——《抽思》

> 屈原之爱国。

屈原之后，随着以儒为主、儒释道融合格局的形成，中国士人人格、情绪得到驯化、平衡，少有屈原式悲剧英雄了。

屈原代表了人类困境的一种类型。"魂一夕而九逝。"屈原说，在流放地，他的梦魂一夜奔往郢都"九次"。用"忠君爱国恨党人"来概括屈原的精神世界，应该无大错。君、国、党人、屈原，形成一个无解的困境。他那"一夕而九逝"之魂，想的是存国，存国，还是存国。忠君？他不能不忠君，国家存亡系于君王一身。君昏国危是逼到眼前的现实。他对君的忠、恋、怨、愤，即婢妾心态，全部根源于此。

> 屈原对君王的"婢妾心态"是因为存国之志。

屈子的悲剧深刻又彻底。可以说，悲剧成全了屈原。当然，这是今天的解读，而非屈原的自觉。屈原是自觉的牺牲者，而非自觉的诗人、自觉的文化创造者。这与前面所说"屈原标志着中国文学自觉时代的到来"并不矛盾。所谓"自觉时代"是后世的历史的认可，屈原并无这种文学追求的自觉。屈原追求的是楚国统一天下、楚国常存以及个人成就"修名"这一"目的"，而不是做"伟大诗人"。人，不论伟大还是渺小，自觉进入历史的可能性极小。

本文对屈原所下的基本结论是：屈原基本符合儒家忠君爱国道德规范，又有与之相连极深的"婢妾心态"。

读到余秋雨先生解说屈原的文章《诗人是什么》，文中有此一说：

> 在后世看来，当时真正与"国家"贴得比较近的，反倒是秦国，因为正是它将统一中国，产

生严格意义上的国家观念,形成梁启超所说的"中国之中国"。我们怎么可以把中国在统一过程中遇到的对峙性诉求,反而说成是"爱国"呢?

有人也许会辩解,这只是反映了楚国当时当地的观念。但是,把屈原说成是"爱国"的是现代人。现代人怎么可以不知道,作为诗人的屈原早已不是当时当地的了。把速朽性因素和永恒性因素搓捏成一团,把局部性因素和普遍性因素硬扯在一起,而且总是把速朽性、局部性的因素抬得更高,这就是很多文化研究者的误区。

寻常老百姓比他们好得多,每年端午节为了纪念屈原包粽子、划龙舟的时候,完全不分地域。不管是当时被楚国侵略过的地方,还是把楚国灭亡的地方,都在纪念。当年的"国界",早就被诗句打通,根本不存在政治爱恨了。

> 作者引用余秋雨的文章,又提出了一个问题,屈原爱国,爱的是楚国,这与爱大一统的天下说法是否矛盾,他的爱国是否有局限性呢?

作者将多种莫名其妙因素"搓捏成一团",文意看似曲折,实则甚明白:秦亡楚,楚速朽了、局部了,"政治爱恨"化为尘烟,所以屈原爱国说很荒谬无道理。这一思路如成立,人类将难以找到任何"爱国者"。宋亡于元,版图扩张了不少,国界也被打通了,该也算"对峙性诉求"? 与作者高见恰恰相反,"现代人怎么可以不知道"? ——具体的国家、朝代、党人往往是速逝、速朽的,真正的爱国精神绝不会速朽。试问:古今中外哪一位爱国者形象不是在某种"对峙"中确立的呢? 屈原不论生于何国,如果他抱持那种精神,进行了那样的创作,不论其国家存亡,他都一定是伟大不朽的。或者说,与楚对峙的其他诸国,若出现了屈原式人物,历史照样尊敬他。再说,屈原爱国说怎么是始自"现代"呢?君权时代,忠君爱国难以区分。王夫之干脆将屈原忠君说换成忠国说。

真正的文化一定是从泥土里、血液骨髓里生长出来的,不是嘴皮子吧嗒出来的。屈原无"文化",头脑很清楚,爱楚恨党人,一点不含糊。"政治爱恨"一定是具体的、时代的,真实的"国界"也一定不是诗句所能打通的。"诗句打通国界"只能当一句诗来看。不可否认,屈原"爱国说"有后世包括现代人附会堆垒的成分,这是许多古人共同的命运,但他爱楚国却是无法否认的。从余氏话中自然可推出匪夷所思的高见:我并不否认屈原爱楚国,但爱楚国能说是爱国乎哉?只有爱后来统一了天下的暴秦强秦,其爱国说才立得住脚。呜呼哀哉不亦乐乎!爱国与否竟然也以"成则为王,败则为寇"这江湖原则来判断,似乎又难以用走入"误区"来理解了。

可以批评屈原的愚忠、婢妾心态,可以惋惜屈原没有诸子的达观,但一个中庸玲珑、朝秦暮楚、蹀躞有术的屈原一定不可能完成伟大文化的创造。现实困境中的屈原,最强烈的向往一定不是靠写诗"打通国界"留名青史,甚至也不是文化创造,而是存国、存国、存国。若以后世对屈原价值的认可,来否认屈原为爱国者,或认为若承认屈原为爱国者就贬低了屈原,这无疑极荒谬。屈赋楚辞的爱楚之情与其文化激情密不可分,何来速朽性与永恒性、局部性与普遍性因素关系?要认同余先生这番情理,思想尚需来一番彻底改造。诗人是什么?的确是个问题。真诗人可以是有无穷多缺点甚至是有诸多病态的人,绝

再论屈原的"婢妾心态"。

无可能是伪君子。即使不得不身为婢妾了,亦比伪君子好万倍。

屈原显然扮演不来"文化蹀躞家"角色,蹀躞于齐兮,蹀躞于鲁,蹀躞于秦兮,蹀躞于楚……

婢妾心态,曾遍布历史,遍布朝野,当然亦可以遍布现实。给你一个婢妾环境,你就有可能为婢为妾,甚至已经有不必为婢为妾之路可走了,而有人却仍甘愿,甚至努力争取为婢为妾为奴为仆。"学成文武艺,货与帝王家。"自古士人,心头想的不过是把自己卖出去,交易即使成功,在重重黑幕后面坐庄的却永远是帝王。唐太宗看到新进士子鱼贯而入,兴奋地说:"天下英雄尽入吾彀中矣!"其潜台词应该包括:我终于可以让这些"英雄"为婢为妾了。交易从没有以平等为原则。

婢妾心态,这一定不是屈原与生俱来的。

数千年间,屈原给了我们极宝贵的文化营养。可是,数千年间,王逸朱熹们反复欣赏玩味,并企图加以利用的实际是屈原的婢妾心态,以婢妾心态为主体人格的人看到的全是婢妾心态。婢妾心态不是屈原的主体人格,是屈原人格被扭曲掉的那一部分。婢妾心态为屈原走上自杀之路加了一把劲。屈子自杀,他该是想把那婢妾心态也杀掉吧?

屈平词赋悬日月,楚王台榭空山丘。
——李白《江上吟》

李白这诗,榔头一样敲下来。在现实中总是吃败仗的诗人,又用诗句打了一个"胜仗"。

> 屈原的诗如明月高悬永垂不朽,而楚王的宫殿却已一片荒凉,消失在历史中。这是屈原的"胜仗"。

4 作为诗人的曹操

有一个杀人不眨眼的枭雄曹操,有一个忧郁、冥想、深情、柔软的诗人曹操。

> 诗人曹操横空出世。

"对酒当歌,人生几何?譬如朝露,去日苦多。"——苍苔落叶的无边悲凉。

"月明星稀,乌鹊南飞。绕树三匝,何枝可依?"——柔若无骨的缱绻深情。

"东临碣石,以观沧海。水何澹澹,山岛竦峙。"——一个广漠无垠的风云宇宙。

与异常险恶的现实疆场对应,曹操有一个苍茫广阔的精神疆场。

曹操是诗人、文人悲壮自觉的第一声。

> 曹操诗歌多为四言,本文以大量四言短句相和,妙!

在这个文化气质转变生成的时代,曹操成为转变风气的第一人。超群绝伦的诗才,生长于末世。曹操及建安文人面对的是一个血腥荒原。世界溃败至难以收拾,其间却有勃勃生机,这生机凝结成风神特异的建安风骨。曹操就是建安风骨里那根最硬、最有味道的骨头。乱世沉重,人命危浅,忧生伤世,刺激强烈,由此导致建安文学触景伤情的悲歌气质。那里有志在千里的慷慨,又有乐极生悲的虚无。曹操以寥寥二十余首诗,登临审美绝顶,我们从中能读出那个时代的万语千言。

> 建安风骨,也称汉魏风骨,是汉魏时代的文学风格,具有慷慨悲凉、雄健深沉等特点,以"三曹""建安七子"为代表。

曹操显然无意与任何人比诗才,他经营的任何一件事都比写诗重要,却又是天然的文人领袖。豪杰的热情,王者的霸气,诗人的逸气,生成一种前所未有的审美大气象,大格局。不论曹操曾经操纵了多少不可告人的阴谋,其灵魂的诗情画意却完全可以大白于天下。

> 东临碣石,以观沧海。
> 水何澹澹,山岛竦峙。
> 树木丛生,百草丰茂。
> 秋风萧瑟,洪波涌起。
> 日月之行,若出其中;
> 星汉灿烂,若出其里。
> 幸甚至哉,歌以咏志。
>
> ——《步出夏门行·观沧海》

建安十二年(公元207年)秋,53岁的曹操带兵北征乌桓,得胜回师途中创作了《步出夏门行》组诗,此为其一。征途迢遥,战事残酷。初夏出征,深冬才回到邺城。回想起远征的种种险恶,曹操不禁后怕。他做出了一个特别的举动:赏赐了那些出征前极力劝他取消此次行动的人。

诗人在刀丛里滚来滚去,诗中却似乎没有一丝战争的影子。

几行诗便容纳了一个风云宇宙,一个与这宇宙相吐纳的生命。中国古人少有写海诗文。古人走到海边就沉默了。"道不行,乘桴浮于海。"这是孔子留下的一句狠话,完全与诗意无关。曹操站在碣石山顶,他望大海,望日月星辰的出没,他还努力望那望不到的一切。在沧海宇宙面前,谁还能以霸主、枭雄自居呢?可是,不是霸主,谁又能吟诵得出这样的诗呢?

有一个不停征战杀伐的曹操,还有一个爱山爱水观沧海的曹操。诗句直白劲健,跳跃顿挫,浩荡雄浑,山海似巨灵,诗人若赤子。曹操以朦胧而宏大的宇宙为生命尺度,无需雕琢,娓娓道来,即力敌千钧。曹操的生命激情,弥漫沧海宇宙。

"秋风萧瑟,洪波涌起。"易读出他胸藏雄师百万,难读出他面对沧海宇宙的冥想、忧郁。这是曹操的秋风,没有凄凉的秋风,却又凄凉到无边无际的秋风。

> 曹操的《步出夏门行·观沧海》以豪情壮志为表,以冥想忧郁为里,以没有凄凉为表,以无际的悲凉为里,万分悲壮又十分苍凉。

神龟虽寿,犹有竟时。
腾蛇乘雾,终为土灰。
老骥伏枥,志在千里;
烈士暮年,壮心不已。
盈缩之期,不但在天;
养怡之福,可得永年。
幸甚至哉,歌以咏志。

——《步出夏门行·龟虽寿》

东晋大将军王敦,酒后辄吟诵"老骥伏枥,志在千里……"以如意击打唾壶为节,壶口尽缺。稍有文化的国人,亦无人不知这诗句。这诗句成为一代又一代烈士打磨生命强度的砺石。

曹操早就视自己为侥幸活着的人。53岁的曹操又把自己视为暮年之人。暮年之人却是一位烈士

（勇于担当、奋斗不息之士）。此时的曹操，不能不审视自己那盛极而衰的生命。生命如此虚妄，神龟腾蛇亦终归为土为尘。生命又是多么真实，如握在手中的一件兵器。把那生命利剑使用一次，再使用一次吧。自35岁起兵，至此作战已近30年，战事无岁无之。还有许多仗要打，还有许多事要做，这把生命利剑使用寿命可要尽量长啊。

"烈士多悲心，小人偷自闲。"（曹植《杂诗》）烈士是曹氏父子皆喜用的概念。举目当世，曹植大约找不到比父亲曹操更标准的烈士了。"君子多苦心，所愁不但一。"（曹操《善哉行》）曹操之心，就是苦心加悲心，就是烈士之心加诗人之心。上哪里去找无苦无悲的生命？曹操所愁的不只一件事啊。"不戚年往，忧世不治。"（曹操《秋胡行》）救世，对英雄是一种永恒的诱惑，可是生命却一定有一个为土为灰的宿命。

曹操要往这件宿命容器里，装进去一些什么呢？

> 对酒当歌，人生几何？
> 譬如朝露，去日苦多。
> ……
> 月明星稀，乌鹊南飞。
> 绕树三匝，何枝可依？
> 山不厌高，海不厌深。
> 周公吐哺，天下归心。
>
> ——《短歌行》

此诗作于建安十三年（公元208年），赤壁之战

> 明确而坚定的目标使曹操对延年益寿充满渴望，也使他对生命有终的宿命深感悲凉。

第二辑 时间会说话

期间或战后。

诗中曹操,生命的饱满,情怀的慷慨、壮烈、温柔、忧伤,达于极致。《观沧海》里的曹操,尚站在沧海宇宙的对面。《短歌行》里的曹操,已与日月山河宇宙同在。

全诗一喜一忧,一扬一抑,似断似续,若徐若急,茫茫而来,令人瞠目。气魄之宏伟,意境之深邃,格调之雄浑,千古难觅其匹。不难感受诗句背后那巨大能量和意志力。

> 豪杰的热情,王者的霸气,诗人的逸气,在这首诗中得以体现。

人生苦短的感叹千古所同,曹操的感叹却浑如霹雳一声:人生越短越要抓紧呀。美酒欢歌,朝露人生;忧思不绝,酒入愁肠。可是,您那青色衣领,时时浮现在我心中梦中……来吧,来吧,贤士英雄,让我们为天下、为这朝露般的人生而奋斗吧。

曹操诗大都有一个"光明的尾巴",一个"干部姿态"。此诗亦不例外。似有狗尾续貂之嫌,但又是曹操真实的生命姿态。以汪洋恣肆的醉意开始,却不能不以清醒结束。水落石出,曹公亮相。——写诗是一件多么微末之事啊,政治家、将军、枭雄,才是我本色。我就是想"把朋友搞得多多的,把敌人搞得少少的"。

> 借毛泽东的话表现曹操政治家诗人的雄才伟略,体现他对人才的重视,又自然引出下文对曹操与士人关系的思辨。

渴求贤才是曹操诗文的重要主题。曹操与士人的关系,能从更深层次反映出曹操英雄、枭雄的本质,而这一本质与他的诗人本质又并行不悖。

号令天下的曹操,孤独深情的曹操,寻寻觅觅的曹操,权杖、屠刀、诗笔俱在手的曹操,对士人来说实在魅力无穷。不肯向乱世屈服、不肯埋没此生的广大士人,不约而同地把目光投向了曹操。

> 曹操吸引士人。

权力枢纽若有求才之心,必能成为人才枢纽。才子谋士真来了不少。曹操的军前帐下,人才之盛,特别是文人之盛,其他枭雄霸主难以相比。如把视野延伸至曹丕、曹植,那就只好承认,帝王之家与文人集团关系如此密切,千古唯此一例。在这个凄怆的乱世,"何枝可依"正是士人共通的生存困境。在"挟天子"的曹操那里,士人却能获得一个怪异的生存空间:为曹操出力,可有效命汉室的名分;真心效命汉室者,又不得不受曹操的羁縻与控制。

权杖可以化为剑刃,诗笔可以换作屠刀。曹操能量大,"挟天子"造成的困局亦大。这一困局,必化为曹操的内在矛盾。曹操的精神疆域,会与士人发生部分交集,但他人难以涉足的荒原却是无边无际的。曹诗巨大的张力魅力,亦可由此解释。

孤独的曹操,苍茫的诗人,杀人不眨眼或流着泪杀人的刽子手。角色的转换既系于曹操一己的灵魂,更系于天下势力的消长。这一只大困兽,其骚动不安的爪牙,总须有人领受。

建安十二年(公元207年),曹操与孔融关系恶化。曹操让路粹代笔与孔融信,末尾数句这样说:"孤为人臣,进不能风化海内,退不能建德和人。然抚养战士,杀身为国,破浮华交会之徒,计有馀矣。"曹操明示孔融:对你这类"浮华交会之徒",我动一动小拇指就可以解决问题了。刀把子在手的曹操,仍以最大耐心与孔融"文斗"。孔融曾为北海相,在兵溃势穷之后不得不于建安元年(公元196年)投附曹操。孔融是天下大名士,又有孔子二十二代孙这一光荣头衔,投曹既可有汉臣名义,又自然可成为许都士人领袖。刚刚"挟天子"的曹操,也需名士点缀,双方互具利用价值。孔融一度这样寄希望于曹操:"瞻望关东可哀,梦想曹公归来。"(孔融《六言诗》)梦想不久即破灭。汉室仅是曹操排布天下大局的一枚棋子,却是孔融的全部。当孔融明白不能指望曹操后,就对其极尽讥笑戏弄,与曹操玩幽默。现当代挺曹派不断有人说孔融言行几近胡闹,这未免看轻了孔融。以孔融对士人对天下的影响力,其讥嘲态度有化庄严为滑稽之效,必然削弱曹操能量的发挥。孔融不自量力倒是真的。这亦是许多士人的通病。就像权力有大小一样,幽默权亦是有大小的。孔融是文学家玩政治,有多么力不从心自己都不清楚。曹操是政治家玩文学,将文学家玩弄于股掌游刃有余。孔融动作幅度太大了,幽默表达太多了。本意让你做个招牌,不合作倒也罢了,完全可放你一码,竟还跟我老曹叫板,煽惑人心。

建安十三年(公元208年),赤壁之战前夕,曹操下令杀掉孔融并夷族。已经坐大的曹操,早视孔融为异己力量了。显然,孔融表面上死于自己的"态度",根本原因是死于自己的影响力。

东汉道德教化及选拔官员的方式,养成了士人极端好名的风气。许多士人不惜以怪异言行邀名,甚至不惜以死邀名。孔融极欣赏的祢衡,可算一例。祢衡最乐于侮慢权贵,到哪儿骂到哪儿。来到曹营,照例裹辱曹操。曹操哭笑不得,将其礼送至刘表处。同一原因,刘表又将其送至黄祖处。黄祖脾气大,很快将26岁的愤青祢衡杀了。祢衡或许患有青春躁狂症。祢衡传世大言是:大儿孔文举(孔融),小儿杨德祖（杨修）。古今皆不乏爱好此道者。无奈，虚假的大胸襟，一戳即破。这一点亦是古今相同。对祢衡之死，有曹操借刀杀人一说，这显然是栽赃。曹操的灵魂疆域，与孔融等士人会略有交集，与祢衡却完全不搭界。祢衡分明在另一个世界里做梦，那个世界是什么他自己也未必清楚。曹操不可能为一个无斤两的愤青动太多心思。曹操可以杀人不眨眼，但杀人要杀得有价值。不到撕破脸皮时，绝不去撕破；到了撕破脸皮时，则不怕露出骨头。曹操对孔融是这样，对其他士人也是这样。

曹操杀死或逼死的名士、谋略家，还有杨修、荀彧、崔琰、娄圭、边让等，皆为当世之杰。对他们的死，古今报以同情的同时，也责骂曹操嗜杀。人们大都以他们罪不至死为同情理由。其实，不是罪的问题。他们何罪之有？一人一种具体死因，大原因则是天下势力消长与曹操困局中的挣扎奋斗。如果对曹操谋划大局足以形成妨碍，他是不怕动刀锯的。王纲解纽大局下的各路枭雄与准枭雄，比大一统皇帝有更方便的杀人权。在这个丛林食物链上，曹操已是猛兽。越是猛兽，容忍限度越低。孔融为北海相有兵有权时，亦杀人不眨眼呢。他竟然会因一人哭父不悲，而杀掉那人。孔融亦是诗人。

官渡之战获胜，从袁绍处缴获一批许都及曹营中人给袁绍的信。这可是整肃"叛徒、内奸"的第一手材料。曹操下令焚之。曹操说："当绍之强，孤犹不能自保，而况众人乎！"（《三国志》注引《魏氏春秋》）这一非常之举，无大胸襟者不能为。杀人能解

> 曹操杀孔融，逐祢衡，对待士人的决绝无情，看出曹操杀伐果决的枭雄特质。

> 放弃肃清"叛徒"的机会又看出曹操同样也是具备超人胸襟的英雄。

决一些问题,但还有更多问题需要超人胸襟才能解决。

放下诗笔,拿起屠刀;放下屠刀,拿起诗笔。这就是曹操。在救世或抢天下的英雄、枭雄眼里,人、人命有时不过就是个砝码。"白骨露于野,千里无鸡鸣。生民百遗一,念之断人肠。"(曹操《蒿里行》)诗句写尽了乱世的悲惨、凄凉。想到曹操为报杀父之仇攻打徐州陶谦时,一次就滥杀无辜百姓数万(一说数十万),似乎可以怀疑曹操这诗句的真诚。可是,有复仇能力的曹操,自然竭尽全力复仇。在人口就是生产力的时代,消灭人口就是破坏生产力。发布大屠杀令的曹操,是万恶的屠夫;吟诗的曹操,就是"赤子"。那诗首先把曹操自己感动了。以假情写出真诗,或以假诗感动他人,是人类不可能完成的任务。

曹操诗中的悲壮苍凉是真实的。诗人曹操堪称"赤子"。

"青青子衿,悠悠我心。但为君故,沉吟至今。"这等诗句对士人不可能没有感召力。而被这诗句招引来的士人,又完全有可能死在曹操屠刀下。

有情诗人,无情枭雄。曹操的千年孤独。

　　大雨落幽燕,白浪滔天,秦皇岛外打鱼船。一片汪洋都不见,知向谁边?
　　往事越千年,魏武挥鞭,东临碣石有遗篇。萧瑟秋风今又是,换了人间。
　　　　　　　　——毛泽东《浪淘沙·北戴河》

1700多年后,在曹操北征乌桓的老路上,走来了一位不以狭隘道德眼光规范曹操的诗人。"我还是喜欢曹操的诗。气魄雄伟,慷慨悲凉,是真男子,大手笔。"(毛泽东语)两条中华汉子似隔千年而唱和。豪气霸气,何其神似,诗意茫茫,如出一辙。"魏武挥鞭",鞭挞天下,可又常陷鞭长莫及之困境。在现代伟人毛泽东眼里,世界已成"小小寰球",又无视江山为谁家家业的道德束缚,胸襟之大百倍于曹操,改造天下能力亦百倍于曹操。若论诗才,两位诗人则堪称伯仲。毛泽东诗笔横扫千年,"大、雨、落、幽、燕……"一落笔便似触及宇宙边缘。这诗句,不知曹公若读了会不会叫绝。

> 曹操的诗引发毛泽东的共鸣。同为政治家诗人,两人相隔千年,跨越时空的唱和,余韵悠悠,引人遐思。

第二辑 时间会说话

5　在西域读李白

> 在西域能读出一个怎样的李白呢？

1

> 李白身世。
> 以李白之死入笔，以"认真""天真"概括李白的一生。

公元762年秋，病骨支离的李白什么都不需要了，唯要酒，酒。他一生醉得太多了，但这是最后一次。他举杯邀月，却发现月在水里，他悠悠忽忽扑进水中，抱月而眠。依照古礼，溺死不祥，何况是醉酒落水。他的亲朋对此讳莫如深。可这实在是最为诗意的死法。谁像他这样认真又天真一生？连死都是一首诗。

他那天籁似的诗文，他那横空出世般的才华，萌芽于何方？他与我们为何如此不同？他为何如此独特与纯粹？——他的诗文与人格体现出来的异域情调太醒目了。"小时不识月，呼作白玉盘。又疑瑶台镜，飞在青云端。"（《古朗月行》）尚不识月的小李白在哪里呢？在中亚碎叶城（今哈萨克斯坦境内），那是他的血地。李白的生命是由西域移植到大唐版图的。

李白崇拜者魏颢，跑了数千里地，追踪漂泊不定的李白，终于在广陵见到了他。魏颢像贺知章乍见李白惊呼为"谪仙人"一样，倾倒于李白的形象。他这样描述眼前诗人："眸子炯然，哆如饿虎。"在世纪末的数年之间，在广袤的新疆大地，在天山南北，在塔克拉玛干沙漠周缘，我不断作或长或短的漂泊。山河壮丽，人民纯朴，我闭塞的心灵一再受到有力震撼。那些在绿洲或雪山脚下讨生活的维吾尔人、哈萨克人、柯尔克孜人的眼睛和面孔，总是令我想到魏颢那两句话。我的所见似乎无不印证一个猜想：李白不可能没有异族血液。从李白幼年上溯约百年，李白家族在隋末遭遇重大变故，全家人从陇西成纪流放至遥远的中亚碎叶，那是大唐疆域最西缘。历史记载，他们不得不过着"隐易姓名"的生活。祖先具体犯了什么罪，李白不说，他的亲朋好友也不说。李白5岁那年（唐中宗神龙元年），在中亚度过了漫长岁月的李白家族又举家内迁。各种记载均说是"潜还""遁还"，看来，这又是一次充满挑战、惊心动魄的大动作，这真是一个漂泊者家族。李白以上五六代内，即使是平民，也一定出过一些非凡人物及非常事件。李白父名李客，这显然很像一个漂泊者才有的名字。这个家族在西域，以游牧者为主体的民众中间，顽强生存上百年，完全拒绝异族血液是不可能的——李白至少是半个胡儿。这仅仅是我的猜想。从西域与中原文化环境迥异这一角度上，我还进一步推测，李白及亲朋之所以对家世讳莫如深，恐怕首先虑及的是新环境中的个人出路与家族生存。

这个漂泊者家族终于孕育了一位非凡的漂泊者。历史在此与一个伟大天才相遇。

> 以自身之漂泊去找寻感受李白之漂泊。

> 李白当有异族血统。

2

隋唐之前，正是所谓匈奴、鲜卑、羯、氐、羌五胡

111

时代孕育李白：

乱中华的三百年大分裂时代。胡人的铁骑潮水般漫向中原,将中原已显僵硬的板块踏碎,而这些碎块又以柔韧之力令铁蹄最终疲软下来。迟至6世纪末7世纪初,五胡全被汉族同化,汉人仇视恐惧异族的心理也在广大地域里消失。涌动着异族新鲜血液的李渊、李世民和广大民众昂然而起,中国历史上最具光彩的时代到来了。

① 唐朝开朗雍容。

唐朝开朗雍容的气势,在整个皇权社会空前绝后。唐人心态是最为健康的。鲁迅曾说"汉唐之后就没有真正的中国人了",这话不无偏激,却亦深刻。"壮志饥餐胡虏肉,笑谈渴饮匈奴血。"(岳飞)英雄气概复仇激情的背后,是咬牙切齿又萎靡不振的宋王朝。岳飞是悲壮的,但没有时代的悲壮精神与之相应。"易水萧萧西风冷,满座衣冠似雪,正壮士、悲歌未彻。"(辛弃疾)写得多么美！又多么凄厉悲凉啊！一个内敛退缩的王朝投向边塞投向异族的眼神,必定是仇视的畏葸的。宋如此,明如此,晚清也如此。

只有大唐江山,才能安放天才诗人李白那放达的脚步。

② 唐朝向往异域。

唐诗中向往异域的气息是强烈的。诗人们纷纷奔赴边疆,写下了许多境界雄放的诗篇,那些边塞诗实在是唐诗中的金子。在书房中低声吟哦的诗人,一踏上西北大野,就放开了喉咙,但所有人都没法与李白相比。与他们的方向相反,李白来自西域,他本是西域人。"胡姬貌如花,当垆笑春风。"(《前有一樽酒行二首·其二》)胡人第一次以这么自然深情的形貌,出现在中国文学作品中。"洗兵条支海上波,放马天山雪中草……匈奴以杀戮为耕作,古来唯见白骨黄沙田。"(《战城南》)地广人稀正是好战场。读着这等诗句,你仿佛感到诗人就是一个胡人。

历史的伟大契机在此生成。没有那个开放的时代,这个饱含异质的天才会被扼杀;没有这个天才的加入,那个时代也会减却许多光辉。

> 李白与时代彼此成就。

3

异域情调、漂泊情怀充满李白所有诗文。

李白是没有故乡的,或者说无处不是故乡,醉酒之处就是故乡。"兰陵美酒郁金香,玉碗盛来琥珀光。但使主人能醉客,不知何处是他乡。"(《客中作》)他由碎叶入蜀,由蜀入荆楚入山东,由山东又辐射到大唐各地,沸腾的血液使他不能在任何一个地方定住,他永远走在漂泊的长路上,饮他的酒,洒他的泪,唱他的歌。"夫天地者,万物之逆旅也;光阴者,百代之过客也。"(《春夜宴从弟桃李园序》)这是诗人眼中的时间和宇宙——天地间只有逆旅(旅馆)与过客。他拒绝根的存在,这是彻底的漂泊情怀。把生命看作一场纯粹的漂泊,并这样实践着,在儒家文化环境中是极为罕见的。

> 李白的异域情调和漂泊情怀。

李白实在是中国诗人中的游侠。他的浪漫、癫狂、爱恨情仇、寂寞与痛苦、梦与醒,他的豪气、义气,他的漂泊,全都达于极端。高兴时则"仰天大笑出门去",失意时则"抽刀断水水更流",这实在太非同寻常了。"我本楚狂人,凤歌笑孔丘。"所有读书人心目中的偶像却非他的偶像。他有时也说孔丘几句好话,那是他向往功名富贵了。在他眼里,游侠比皓首

> 李白的游侠气质。

穷经的儒生光彩多了。"齐有倜傥生,鲁连特高妙……意轻千金赠,顾向平原笑。吾亦澹荡人,拂衣可同调。"(《古风·其十》)只有鲁仲连这等侠客,才是可与之同调的朋友。李白自称"十五好剑术",传说中他曾手刃数人。他二十几岁便"仗剑去国,辞亲远游",在维扬(今扬州)不到一年,"散金三十万,有落魄公子,悉皆济之"。这都是些游侠行径。他与朋友吴指南游楚,吴不幸病死洞庭,李白抚尸大哭。大约那时洞庭一带还是很荒凉的,一只老虎来了,李白坚守不动,老虎走了,他将朋友权且葬下。多年后,李白又返回旧地,取出朋友骨殖,以湖水洗净,背着骨殖走了很远的路,为朋友重新选择了葬地。这份超乎功利之上的痴情,就是一位真正的游侠了。即使闯进了朝廷,他那强横的乃至有些无赖的游侠脾气也是不改的。力士脱靴,贵妃捧墨,御手调羹,他要求权贵尊重他,皇帝也应把他当朋友待才好。他不习惯仰视,他信任自己,远胜过别人对他的信任,这一切足以令权贵齿冷,令谦谦君子瞠目结舌。

鲁仲连功成却拒绝平原君的一切赏赐,因而取得了不仰视权贵,进而折服权贵的资格。李白大呼要功名,要富贵,要酒,要女人,要朋友,却仍要求权贵与他平交,不得小看他。这个李白呀,他不知这是怎样一个妄想。

我在柯州、喀什、阿勒泰、伊犁等西域城市之间跋涉,各地人文地理都给我以有力震撼。几十个世纪以来,这片广袤大地为游牧民族提供了表演的舞台,今日,我们仍能感受到游牧者后裔的单纯与猛烈。昆仑山、天山、阿勒泰山,像横亘中亚细亚的三架竖琴,将咚咚的马蹄声传递到最遥远的地方,骑士们偾张的血脉不理会任何荒凉。成吉思汗的马队从塔尔巴哈台从伊犁河从阿勒泰山掠过中原,将浩瀚的里海变成内陆湖,多么凶蛮单纯而强烈的节奏啊。这个"只识弯弓射大雕"的大汗可真是大手笔呀。

李白从另一个方向来了,大地高山冰川骏马胡姬,全化为他的精神马队。他不在意中原已有的温柔敦厚、细腻空灵,纵笔横扫,狂飙突进,给大唐诗坛注入西域骑士的剽悍与纯粹,令所有骚人墨客为之一惊。洞庭烟波,赤壁风云,蜀道猿啼,浩荡江河,一下子飞扬起来。

> 李白的异域特质融入大唐。

游侠李白奔腾而来,双脚和诗笔生动了大唐山水。

4

行笔至此,不能不说到与李白双峰并峙的诗人杜甫。

> 李白与杜甫。

李白诗中十句有九句言妇人美酒,每为卫道士所诟病,杜甫则受到后世一致推崇。贬李扬杜是千年传统。有趣的是,最欣赏最理解李白的恰恰是杜甫,一生悲惨的杜甫对同样悲惨的李白深情缱绻,千载之下仍令人唏嘘不已。"不见李生久,佯狂真可哀。世人皆欲杀,吾意独怜才!"(杜甫《不见》)"秋来相顾尚飘蓬,未就丹砂愧葛洪。痛饮狂歌空度日,飞扬跋扈为谁雄?"(杜甫《赠李白》)别人看李白,只见其"佯狂",只见其"痛饮狂歌",只对李白喊"杀",杜甫却深知他的大空虚大寂寞大孤独,深知他无根飘蓬

> 杜甫眼中的李白。

般的悲惨人生。"飞扬跋扈为谁雄?"是啊,为谁雄呢?李白没有奉献自己的对象呀!更为有趣的是,李白却将杜甫看得平平,诗文中很少提及牵挂他且深刻理解他的杜甫,还有诗讥笑杜甫诗写得太多太辛苦。这真有点令人为杜甫抱屈了。

杜甫对李白,见出杜甫胸襟的丰富伟大;李白对杜甫,见出李白的单纯与洒落不拘。同为孤独悲惨的诗人,李、杜从不同方向步入人生与艺术之路。杜甫忠,有明确奉献对象,他为君主为心目中的正义而战而歌;李白叛逆,只忠于自己的感觉,他为生命而战而歌。杜甫是中年老年,他青年时代诗作也充满成年人的牵挂忧伤;李白是少年青年,暮年时作品也洋溢着青春光彩。杜甫是大儒是农民是诸葛亮,李白是游侠是骑士是堂吉诃德。杜甫压抑内敛,李白纵情张扬……杜甫身后有一支效法杜甫的浩荡大军,只是他们都比杜甫矮小;李白身后则空无一人,李白无法效法。

> 李白、杜甫之比较。

不难理解贬李扬杜这一千年传统。汉唐之后,儒教思想窄化之后,士人很容易进入认同杜甫的境界,他们在精神上同构,却难以认同李白,他们在精神上不同构。这样说来,杜甫之理解李白,确实是一种极伟大深刻的情感,欣赏李白的同时就是自我超越。杜甫有一种舍己的伟大,一般人难以企及。李白于我们却是最可亲近的,他所表达的生命愿欲,平等,自由,青春激情,是每个人都会自然产生的。但精神侏儒们将自己斫丧后,又要举刀斫丧他人了。贬李扬杜是唐朝之后,士人集体精神的排异现象。

> 贬李扬杜现象之分析。

能在西域读李白,是人生的一种幸福。

6　一场关于无耻的比赛

若论胆量大小、刻薄程度，李斯显然逊色于赵高。

数十年间，李斯一直是帝国文胆。<u>士人李斯明白怎样才能最有效地向士人、向文化开刀</u>。他主动推进一场满足始皇政治需要和精神需求的"文化革命"。焚书坑儒之后，天下千万张嘴巴遂统一为嬴政一人之喉舌。

文化极度简化的帝国实际上已不太需要老文胆李斯了。

始皇巡幸梁山宫，远远望见众多车马簇拥丞相李斯经过山脚，不高兴了。宫中有人打小报告给李斯，李斯立即减少了车马数量。自然又有人向始皇打小报告，始皇追查泄密者，查不出结果，便杀掉了当时所有在场近侍。

帝国文胆受到了一次极深的震撼。他亲手打造的体制巨轮飞转，满耳是国家机器的轰鸣，暴力暴力，一抓就灵。在这个血腥淋漓的帝国里，碾碎谁，留下谁，看上去实在是一件平常又偶然的事。

始皇意外早逝，更使文胆魂飞魄散的时刻提前到来。

赵高被后世贴上帝国史上第一大奸宦标签，具有很强的象征意义。帝国与宦阉一开始就建立了深

> 向士人、向文化开刀便是无耻之尤。

> 一个朝廷,要么人身体不健全,要么精神不健全,如何能长久?

度关系。帝国天生就具有阉割天下的冲动。"焚书坑儒"就是对天下的一场精神阉割。赵高是否为阉人,历来有争议。这里不作判断。秦朝宫廷里,不是身体阉人,就是精神阉人,健全人难以"存在"。

赵高身世有些特别。"赵高者,诸赵疏远属也。赵高昆弟数人,皆生隐宫,其母被刑僇,世世卑贱。"(《史记·蒙恬列传》)秦赵两国同宗,赵国人赵高系嬴姓赵氏,父辈是秦王远房本家。赵高自觉担当起摆脱家族"世世卑贱"处境的重任,所下力气大约不逊于李斯。赵高为人聪明又勤奋,精通时代显学"狱法"。嬴政喜欢他,任他为中车府令,兼掌符玺,宫中行走二十余年。其地位不是特别尊贵,却是帝王最信任的近侍。这期间,赵高为人生预置了一大伏笔:任公子胡亥狱法老师,教胡亥决狱。赵高可称为"卑贱者最聪明"的典型。他的生存别无凭借,"学问"加心术是其最大资本,必用此资本完成阿附极权这一初级阶段,才能伺机晋升到操纵极权之高级阶段。

> 以"学问"和心术阿附极权,赵高所选择的晋升之路,从一开始就注定是一条无耻之路。

机会来了。

始皇热烈地追求长生追求成仙。始皇目睹了太多的死,而死去的总是别人。在死面前,他以为自己应当是个例外。自己即使不能成仙,死亡也应是一件遥远的事。但死神不赞成始皇的意见。公元前210年7月,热情万丈的始皇,巡游途中突患重疾。死到临头,才仓促遗令随蒙恬督军的长子扶苏回咸阳主持葬仪。此遗令只有赵高、李斯、胡亥等数人知晓。始皇僵尸仍置车中,秘不发丧,百官奏事、上食如故。极权总是迷恋僵尸,僵尸是有用的。怕死的始皇,要传之万世的始皇,想不到有人会以他的僵尸

> 坐在权力最极端的人,死后却成为"僵尸"任人摆布利用,毫无尊严,讽刺之至!

时间会说话

做一篇大文章,一篇灭其帝国屠其子孙的大文章。

"接班人"问题永远是皇权核心政治,所有帝王无不提前甚至终生谋划。始皇对此却毫无准备。这是致命错误。巨大的权力一时出现真空地带。符玺是权力的象征,用与不用事关朝廷及天下,但掌管符玺也不过类似公务秘书一类差事。赵高却是个有天胆的人。始皇之死,竟然使赵高具备了亲自使用一回符玺的可能。隐秘、微妙、刺激、惊险,所有因素都具备了,就看潘多拉魔盒以何种方式打开。

赵高要以非凡胆量、非常手段"创造"历史:篡改诏书,逼杀长子扶苏,立胡亥为帝。赵高利用这一细节,扭转了历史巨轮航向。

赵高说服胡亥的话,可谓推心置腹:"臣人与见臣于人,制人与见制于人,岂可同日道哉!""断而敢行,鬼神避之……"(《史记·李斯列传》)只要胆量足够大,敢于行动,鬼神也会为你让路的。赵高灵魂之硬,可真能令恶鬼退避三舍。

做皇帝是天大的好事,所以说服胡亥不难,赵高懂得弟子。二比一是早就预料中的局面。可是,李斯是一个巨大障碍。

作为帝国丞相和久经磨砺的政治家,李斯自然具备森严深奥的胸襟,拉他下水并非易事。第一个回合,李斯严词拒绝:"怎么能说这种大逆不道的话!这不是人臣应当说的!"赵高清楚李斯的软肋。始皇在时,帝国文胆就为归宿问题而焦虑,却无人敢拿此问题威胁他。始皇死了,水落石出,鱼鳖亮相,大眼瞪小眼的时刻到了。赵高说:"拿您的才能、功勋、威望等与蒙恬比,您掂量一下谁高谁低?扶苏是倚重

> 赵高自行更改继承人,意图控制接班人,这是其无耻之路的第二步。

> 为了保住权势地位而向赵高屈服的李斯,选择了助纣为虐的李斯,在无耻的道路上泥足深陷,再也无力自拔。

您还是倚重蒙恬?"这无疑击中了李斯的要害。赵高步步进逼:"我们二人同计,即可创造'君听臣之计'局面。这是世世享用荣华富贵的根本保证啊。"经过多轮辩争,李斯屈服。

皇权史上第一个血腥大阴谋付诸实施。扶苏自杀,帝国倚重的将领蒙恬、蒙毅兄弟皆自杀。阴谋如此大,必须让该流的血流尽。赵高献计道:"严法而刻刑,令有罪者相坐诛,至收族,灭大臣而远骨肉;贫者富之,贱者贵之;尽除去先帝之故臣,更置陛下之所亲信者近之。……陛下则高枕肆志宠乐矣。"(《李斯列传》)皇位性质、谋取皇位的手段决定,越是有功旧臣,越该杀,与胡亥血缘越近,就越是势不两立的敌人。杀旧臣于朝廷内外,灭十二公子于咸阳,肢解十公主于杜。公子高为免合家覆灭,上书自请为先帝殉葬,胡亥见书甚为高兴。赵高说:看吧,臣子们顾命都顾不过来,哪有心思谋反啊,你尽情享乐吧!血腥已浸透宫廷的一砖一瓦,弥漫至每一颗心,皇位宝座下鲜血在汩汩流淌,这才仅仅是开始。一个恶需要更多的恶来成全来掩盖。胡亥在宝座上发问:怎样才能"穷心志之所乐"?他要的不是常规的享乐,要的是"随心所欲"的享乐,想怎样享乐就怎样享乐。始皇追求的主体可说是达到政治的随心所欲,而二世追求的主流已堕落为身体的随心所欲了。

这个无敌于天下的帝国正在自杀。

陈胜、吴广服徭役途中,因大雨不能按时到达目的地,按秦律,迟到就要砍头。韩非主张轻罪重治,以减少犯罪。与统治者愿望相反,既然轻罪重治,那我就干脆犯重罪吧。揭竿而起的人越来越多。胡亥

胡亥高枕无忧肆意享乐,赵高成为帝王身边唯一亲近倚重之人。

将天下骚乱的罪过推到李斯身上。身在贼船,昔日的帝国文胆早就魂飞魄散了。李斯向胡亥献上臭名昭著的《行督责书》,与赵高展开面向胡亥献媚邀宠的比赛。《行督责书》教胡亥如何对臣下严督深责,追求毫无障碍的穷奢极欲:"夫贤主者,必且能全道而行督责之术者也。督责之,则臣不敢不竭能以徇其主矣。……是故主独制于天下而无所制也,能穷乐之极矣……是以明君独断,故权不在臣也。然后能灭仁义之涂(途),掩驰说之口,困烈士之行,塞聪揜明,内独视听,……故能荦然独行恣睢之心而莫之敢逆。"先帝故臣、年逾古稀的老人李斯,殚精竭虑创作此书的李斯,面目该是多么狰狞,心灵该是多么黑暗啊。他已不可能表达任何建设性建议了。为了苟活,他选择无条件助纣为虐。在无耻的赵高面前,他已无任何优势可言。《行督责书》是最无耻的文章,每个字都是李斯牺牲他人以求自保的哀鸣。

这个反道德、反人性、没有温情、不知去路的帝国,将良知正义砍杀净尽之后,居于权力塔尖的三个人,互相展开了刻薄无止境只有更刻薄、阴狠无止境只有更阴狠的比赛。每一个人都深不可测,有人则更加深不可测。

赵高的下一步棋是除掉李斯。要除掉李斯,需强化对胡亥的控制。赵高向胡亥献计:"天子所以贵者,但以闻声,群臣莫得见其面,故号曰'朕'。且陛下富于春秋,未必尽通诸事,今坐朝廷,遣举有不当者,则见短于大臣,非所以示神明于天下也。"(《李斯列传》)胡亥采用赵高计,深居禁中,不见大臣,一味寻欢作乐。距离产生敬畏、产生恐怖、产生神秘、产

> 第二辑 时间会说话

荦(luò)然:卓绝,明显的样子。

《行督责书》颠倒是非黑白。如果说焚书坑儒是为助秦始皇稳固统治,那么此时的李斯则是教胡亥如何穷尽享乐,用牺牲天下换取自身太平,在无耻的道路上又进了一步。

阻断胡亥与群臣的见面交流,便可更好地控制胡亥。赵高一番话极富逻辑,却毫无道理。怎样的君王才会听之任之呢?

生神。赵高动用一切力量制造和放大恶,让恶成为铺天盖地的雾霾,让二世成为雾霾里的大神巨魔。赵高则望着雾霾狞笑。

就献媚取宠的能力来讲,李斯显然比不过赵高。李斯一再堕落,自以为与赵高站到一条线上去了。可是,赵高是没有底线的。你站过来了,我再大踏步后撤。在这场无耻的比赛中,李斯注定败北。一国丞相竟无法见到皇上。李斯闻到了死神的气息。李斯放胆一搏,上胡亥书,言赵高短。可是,在胡亥眼里,赵高当然是最忠诚的人。胡亥不高兴,说与赵高,并让赵高案治李斯。其他人可以成批成群除掉,李斯太重要了,只好当作个案。狱中的李斯再次上书胡亥,幻想二世悔悟。赵高说:囚徒怎能上书!上书被扔掉。李斯让二世听一声他的哀鸣都不可能了。公元前208年,帝国统一后十三年,始皇死后二年,李斯被定为谋反大逆罪,腰斩咸阳,夷三族。

> 赵高已经一手把控了秦二世,李斯的声音再也传不到皇帝的耳朵里了。李斯下线了。
>
> "指鹿为马"这种荒唐事在赵高、胡亥这一君一臣身上,已经见怪不怪了。

赵高已经不怀疑自己的能量了,却还亲自在胡亥和群臣面前导演一场"指鹿为马"的情景剧。众目睽睽之下,红口白牙,颠倒黑白。他要的就是这个效果。从前是参与游戏,现在是游戏规则由我定了。他一手促成凶险的生存地狱,却幻想在此地狱获得生存的绝对安全。

胡亥与赵高共治,诡诈愚暗登峰造极。

李斯死后第二年,赵高逼胡亥自杀。赵高仰仗自己嬴姓赵氏血统,想篡登皇位。他取过玉玺配在身上,迈步登殿,感到殿基摇动,再试,仍如此。为人性恶驱使的赵高,终于走到了心理承受能力的极限。——他竟然也是有极限的人。他只好取下玉玺。他无法一人实现生存安全,嗜血的体制不可能单独对他温情脉脉。剧情实在太刺激太惊险了。不演了行不行?不行。中途退场的可能性是零。天下已是风雨飘摇。仓促中始皇后裔子婴即位。子婴即位后做的第一件事就是杀赵高,夷其三族。接着,刘邦入咸阳,子婴自杀。不可一世的庞大帝国至此完成了自杀。一个惯于压迫他人的体制或个人,那压迫他人的手段迟早会以更加无情的方式加在自己头上。"请君入瓮"这类剧情在人类历史上总是不乏再版的机会。李斯赵高胡亥皆如此。始皇虽早死,这个亡国灭族的沉重悲剧,他却必然仍是第一承受人。

> 站在权力巅峰的赵高,最终遭到了倒行逆施的反噬。

摧毁自己寄身的体制和国家,看似毫无逻辑,实则正符合事物发展逻辑和人格逻辑。胡亥赵高李斯三人,让后人、让我们看到,体制之恶与人性之恶是怎样相互激发相辅相成的。靠邪恶而存在,便片刻都离不开邪恶。体制崩溃不是他们的本意,而是他们实在玩不下去了。自古就有这一说法:赵高为给祖国赵国复仇,自残身体来到秦宫,最终灭秦。这是戏说,毫无历史根据,也有违人格逻辑。祖国、家园、乡愁、牺牲这类温暖光明的情感,离赵高之流实在太远太远。

帝国已成为一架血腥绞肉机,其强大嗜血的惯性,使之连控制它的人也绝不放过。体制本身和体制里的核心人物,全都呈现出丧心病狂如鬼似魔的嘴脸。

> 体制之恶与人性之恶互相激发的结局,是恶的登峰造极,进而是体制与人的共同坍塌。

把权力使劲往黑暗里操纵的人,实在不配享有阳光命运。

123

7　李陵案的意外事件

> 李陵案不仅改写了宫廷史官司马迁的命运,甚至改写了中国历史。

> 吊诡:奇异、怪异。

不管投降及投降后的遭际多么曲折,李陵是叛徒这是历史事实。吊诡的是,一代又一代后人一直同情乃至喜欢这个叛徒。历史的可畏与有趣,在李陵身上得到充分体现。这份历史情感较大程度上是司马迁给奠定的,是他抚哭叛徒情怀的濡染和发酵。

司马迁或许自信已具备洞察历史的能力了,但对自己的命运却完全无能为力。他深知历史,在现实中却一派天真。

他要为自己的天真付出"意外"代价了。

> 既有书生的正直天真,又有婢妾般的绝对忠诚,这注定要酿出悲剧。

司马迁在武帝面前开口为李陵辩解时,内心既有书生的正直天真,又有婢妾般的绝对忠诚。几句话惹出杀身之祸,令司马迁一下子明白:帝王心事与臣妾心事,实有天壤之别。司马迁当时大约连咬碎舌头的心都有了。可是,宫刑七年之后,在那封著名的《报任安书》里,仍情不自禁盛赞李陵。可以后悔当时那样说话,但一旦付诸白纸黑字却还是要那样说话。

司马迁的朋友很少。撰写《史记》这一浩大工程要求他必须心无旁骛,家族、职位亦决定他不会成为朝廷股肱之臣,无巴结权贵的必要。虽然如此,皇帝刘彻的身影却不能不深深地笼罩着他。宫刑之前,他是这种心态:"绝宾客之知,忘室家之业,日夜思竭其不肖之材力,务一心营职,以求亲媚于主上。"(《报任安书》)谁都可以不必巴结,皇帝却是生存意义所在。青年郎官司马迁小心翼翼,紧手紧脸,让皇帝满意、讨皇帝欢心是最高行为准则。与皇权下的许多臣子近侍一样,司马迁亦具"臣妾心态"。

> 亲媚、巴结主上,是宫刑前的司马迁的全部目的所在,也是其婢妾心态的体现。

任安是他少数几个朋友之一。公元前98年司马迁入狱并受宫刑,次年出狱,且意外地尊崇任职——任中书令(皇室机要秘书)。七年后,朋友任安因"巫蛊案"下狱,论腰斩之罪。任安下狱前数年,曾致信已任中书令的司马迁,希望他"尽推贤进士之义",就是利用职务之便向刘彻推荐自己。司马迁竟数年未复此信,直至任安死到眼前才复信。两千年后一读再读《报任安书》,司马迁那颗流血的心仍会令人心惊胆战:老朋友任安你太不理解我的心事了。

刘彻对司马迁施以宫刑,皇帝心事依旧,司马迁心事已非。

司马迁对李陵家族的敬仰和同情由来已久,而他与这个家族向来毫无瓜葛。"夫仆与李陵俱居门下,素非能相善也,趣舍异路,未尝衔杯酒,接殷勤之余欢。"(《报任安书》)与李陵连一杯酒的交情都没有,却为他蒙受奇耻大辱。

李陵像他的祖父李广一样急于立功。公元前99年秋天,李陵主动要求率5 000步卒出击匈奴,进入漠北已是寒风吹彻的冬天。这注定是一个与他过不去的冬天。在浚稽山一带,李陵部众与单于3万骑兵展开了激烈战。单于很快发现他这3万骑兵竟不能制服李陵5 000步卒。单于又调集8万余骑,对李陵摆成合围之势。李陵部众的150万支箭全飞向了

> 李陵的遭遇被捉,李广的时乖命蹇,极为不幸的两代名将,获得了司马迁的敬仰与同情。

第二辑 时间会说话

125

匈奴人。部队损失惨重,且成了一支赤手张空弓的部队。他下令部众解散,各自突围。单于太想活捉李陵了。李陵未能冲出重围,最终为单于活捉。

李陵投降了。

李陵投降前20年(公元前119年),其年过60的祖父李广最后一次出击匈奴。他已征战疆场40余载,匈奴人都惊呼他为"汉之飞将军"。时乖命蹇的李广始终未能封侯。他想用战功说话。可是,部队却因迷路而贻误战机。为向皇上谢罪,为本人和家族免遭羞辱,李广果断自杀于阵前。

李陵却陷入了复杂的选择。

李陵全军覆没的消息掀起轩然大波。刘彻一开始听说李陵阵亡了,接着又有消息说其投降了。他便让相师给李陵母妻相面。相师说李陵母妻脸上皆无死丧之色。独裁者往往乐见他人的牺牲,牺牲愈壮烈,独裁者心境愈欣慰:这样是好的。一将功成万骨枯。为有牺牲多壮志。李陵阵亡或自杀,他这当皇帝的才有面子:李陵竟不肯为我一死,他至少应该和他祖父李广一样啊。

> 皇帝的心态。

名将阵前降敌,深深刺激了朝廷心脏。事件中心不是李陵,而是皇帝。刘彻的心情,才是臣妾们最关心的。他们在揣度此时刘彻爱听什么话。从前赞扬李陵的人都说李陵坏话了。司马迁对无人为李陵说句公道话甚为不满,臣妾心态又使他惦念刘彻,希望皇上能把心放宽一些。适逢皇上召问,小臣司马迁发言了:

> 司马迁竭力为李陵说情以安抚皇帝,却对皇帝的心理一无所知。

仆观其(指李陵)为人,自守奇士,事亲孝,与士信,临财廉,取予义,分别有让,恭俭下人,常思奋不顾身,以徇国家之急。其素所蓄积也,仆以为有国士之风。……且李陵提步卒不满五千,深践戎马之地,足历王庭,垂饵虎口,横挑强胡,仰亿万之师,与单于连战十有余日……转斗千里,矢尽道穷,救兵不至,士卒死伤如积。然陵一呼劳军,士无不起,躬自流涕,沫血饮泣,更张空拳,冒白刃,北首争死敌者。……身虽陷败,彼观其意,且欲得其当而报于汉。事已无可奈何,其所摧败,功亦足以暴于天下矣。

——《报任安书》

　　司马迁对任安说,他就是用这些话去应对皇上的。可是,秀才心事对帝王心事,真是南辕北辙。刘彻龙颜大怒:你这是攻击贰师将军李广利屡次劳师远征,却损兵折将!李广利是谁?——刘彻宠妃李夫人之兄。皇权政治必有强烈的裤裆味道。刘彻对自己的裤裆政治竟如此敏感如此精打细算。国家,国家,国就是人家刘彻的家呀。

　　对多疑忌刻、心理又遭重创的刘彻这样说话,可视为司马迁之不智。

　　司马迁下狱。司马迁成了李陵事件中的又一个意外"事件"。

　　这完全出乎司马迁意料——微臣可是一片忠心啊!

　　更大的不幸还在后面。第二年,刘彻对李陵之事有所悔悟,派公孙敖深入匈奴,企图寻机接回李陵。公孙敖未能见到李陵,却传给刘彻如此消息:李

书生的天真正直!

陵正为匈奴练兵，准备与汉朝对垒。

刘彻心灵再次遭受重创。皇帝总有迁怒的办法：李陵被灭族，狱中司马迁论死罪。

司马迁的悲剧是偶然中的必然。驰骋疆场的将领，或胜或败或死或降，乃正常命运，因将领正常命运而致司马迁无妄之灾，又属非常事件，非常事件落在司马迁身上又有必然性。如他不在场，或在场不说话，或察言观色随大流说话，都可免祸。他在场了，他说话了，他说话必发自肺腑，发自肺腑就要惹祸，就要触犯宫廷丛林法则。这是性格决定命运的古代版本。彻底的恐怖效果源于绝对的惩罚权力。皇权专制的"优越性"在于：需要不讲理就能做到绝不讲理。

按汉律，死罪可拿50万钱赎罪，或以宫刑免死。司马迁家无余财，朝中也无人为他说话，他只能面临三种选择：自杀、处死、宫刑。自杀是最能保持一点尊严的死法，司马迁也最想自杀。读《史记》，你看到自杀是如此普遍，伍子胥、田横及五百士、李广、屈原、蒙恬等等，皆自杀。自杀是有用的，或明志，或避辱，或解脱……可是，《史记》未完成，我司马迁不能死。当朝、当代不许他发自肺腑说话，他对历史、对后人发自肺腑说话的愿望就变得格外强烈。司马迁坚定地想：我必须活下去。他决定接受一具荒谬的身体，在荒谬中活下去。他选择比被处死、比自杀更艰难的耻辱之生——他选择了宫刑。从此，他终生视自己为该自杀而未自杀的人。

人是唯一为了自身利益而对同类或其他动物实施阉割术的动物。比身体阉割更加普遍的是精神阉割。决定现实秩序者,必追求决定心理精神的秩序。在宫刑之前,司马迁虽学识超人,却亦自觉走在精神阉割的路上:"以求亲媚于主上。"婢妾心态在皇权体制下是常态,而非异态。大环境足以使你自觉养成"婢妾自律"。宫廷之内,大约只有皇帝一人无"太监表情"。从阉者身体和精神里,皇权可以得到所需要的最"纯正"的奴性。

> 身体阉割亦是为了更彻底地实现精神阉割,从外到内实现"婢妾化"。

敏感自尊、学识超人的48岁老男人司马迁被处以宫刑了。少小时遭阉割,会自然养成阉者人格,可司马迁已经做男人48年了。

宫刑,这真是一种令人发指的酷刑。文明进化的结果使男女性器成为最受忌讳最根本的隐私,宫刑则把这一切一刀挑开。消逝的性器实际上可看作是被张挂在了受刑者脸上。司马迁将耻辱列为十等,"最下腐刑(宫刑)极矣"。宫刑是生人耻辱之极。"仆以口语遇遭此祸,……污辱先人,亦何面目复上父母之丘墓乎?虽累百世,垢弥甚耳!是以肠一日而九回,……每念斯耻,汗未尝不发背沾衣也!"(《报任安书》)两千多个日夜亦未能使耻辱感稍有缓释。他时时感受着身体上的那片虚空。宦者,皇权体制里不可或缺的蛆虫。司马迁的残生里,时时有蛆虫在身的恶心。

> 比肉体上的摧残更残忍的是对人的尊严的至死方休的践踏。

> 时刻感受着耻辱和对自身的厌弃。

司马迁的裤裆空空荡荡。一刀下去,他终于窥破帝王心事了。司马迁坚定地想:刘彻,这回我不跟你玩了,不给你为婢为妾了。

在与武帝刘彻的短兵相接中,司马迁看见刘彻并不高大,他看见了刘彻脸上的毛孔和眼中的血丝。伛偻的他站了起来,站立成大丈夫,站立成一心可对旁注：
"荒原"，丑恶、病态、荒谬的存在。不再以婢妾心态事主的司马迁具备了独立的人格，也洞见了汉武帝刘彻的常人的一面。

大势已去，一语双关。

司马迁肉体的阉割却迎来了精神的超脱，已经摆脱了精神枷锁的司马迁将以独立的人格、独立的思想去完成不依傍不谄媚于皇权的独立的史书。

时间会说话

八荒的大丈夫。对司马迁来说，现世已成"荒原"。现在，《史记》成为他生命中第一位的东西。

中书令向来由宦官担任。对司马迁宫刑后任此职，不断有人说这是刘彻羞辱司马迁，有意提醒他的宦竖身份。从前我亦认同这一说法。今日看来，这是高估了刘彻的情商。对下级，没什么奖赏比官帽更重要，这是皇帝和各级首长的共同思维。司马迁出狱时，李陵事件已尘埃落定。公孙敖传回的消息有误：为匈奴练兵者不是李陵，而是另一位降将李绪。李陵得知被灭族后，怒而杀掉李绪。"大势已去"的司马迁出狱后竟升了官，参与皇家机密，这很大程度上是刘彻的悔过表示。杀人不眨眼的皇帝，犯不上用一顶官帽子去羞辱一个人，也与情理不通。

对皇帝心事，司马迁已洞若观火。对司马迁心事，皇帝完全无知。刘彻完全不知眼前这个无根男人在精神上已走得多远。处司马迁宫刑这年，刘彻已是60岁老人了。这个老英雄，这个把权力使用到极致的帝王，他不会意识到身边这个小人物的雄心壮志及情感风暴。

当世荣辱、皇帝恩宠对司马迁已完全无意义。他虽被置于权力系统中，但精神上绝对是"局外人"了。皇帝亦不过是"荒原"的组成部分而已。宫刑无异于一场精神淬火。司马迁在精神上已彻底抛弃了当代，抛弃了皇帝。

司马迁要在历史里无所依傍地站着。司马迁单人独骑，一往情深，一意孤行，突入历史的纵深地带。"士可杀不可辱"这一儒家人格观，在受宫刑后的司马迁那里变得如雷贯耳。司马迁选择受辱偷生，选择让肉身在卑贱荒谬中活下去。司马迁为中国史学、文学确立了一脉反阉割、反柔懦的阳刚之气。

这一点，在《史记·李将军列传》中有鲜明体现。李广李陵家族已经被绑在了当代耻辱柱上，但司马迁就还他们一个公道。

> 至莫（幕）府，广谓其麾下曰："广结发与匈奴大小七十余战，今幸从大将军（指卫青）出接单于兵，而大将军又徙广部行回远，而又迷失道，岂非天哉！且广年六十余矣，终不能复对刀笔之吏。"遂引刀自刭。广军士大夫一军皆哭。百姓闻之，知与不知，无老壮皆为垂涕。
>
> ——《史记·李将军列传》

《史记·李将军列传》是唱给李陵祖父李广及李陵家族的深情挽歌。司马迁的深情，化为历史的深情。

李陵案改写了司马迁的命运，被改写命运的司马迁重写了中国古代史。中国历史从此多了一种"意外"表情——司马迁表情。

司马迁成了一个自觉的悲剧人物。荒谬的身体，悲怆的精神，无情的世界，不能不令司马迁瞪大眼睛，他抛弃了灵魂里的最后一丝虚伪。他裸体面对历史，自觉地在荒谬中度过残生。他使用着这具无根躯体，直面并超越这个给了他巨大耻辱的当代世界，以惊人意志，伟大才华，坚强人格，将自己送入历史。

宫刑这一最具中国特色的摧残术，却激起了司

> 第二辑 时间会说话

> 扯掉遮羞布后，唯余坦荡。

> 身体的残缺不全和人格的完满独立形成司马迁肉与灵的极限的两端。

马迁人格旗帜的高扬,及反精神阉割狂潮。

深情的司马迁"绝情"于当代。在精神上彻底超越现实,方能在历史里纵横驰骋,方能走向雄伟开阔。

司马迁要在历史里为自己正名。他竟然做到了。

后世不断有人指责司马迁"急于求名",这是不能仰见其伟岸人格之故。不可否认,宫刑使他立名冲动更加强烈。可是,其立名首要目的是洗刷人生奇耻大辱,并且不是在当代洗刷,而是在历史里洗刷,在历史里为蒙羞的灵魂正名。司马迁之名,是名节、气节,是贯通古今、顶天立地的判断与正义担当,舍此则断无可能确立司马迁心目中之大名。从来都是名利相随,追名逐利必立足眼前当下,必巴结权贵。司马迁之立名却以彻底剔除眼前功利、抛弃当代为前提。司马迁比孔子所要求的立名境界可说更彻底更纯粹。"四十五十而无闻焉,斯亦不足畏也已!"(《论语》)孔子把功名当作今生今世追求,并且是"出名要趁早"。

> 司马迁追求的不是当世之名,而是未来人的理解和认可。

体会一下司马迁这些话:"述往事,思来者。"(《报任安书》)"后有君子,得以览焉。"(《史记·封禅书》)"藏之名山,副在京师,俟后世圣人君子"(《太史公自序》)这一口吻,这一情怀,弥漫整部《史记》。两千多年时空距离,更有利于我们体会这些话的深情含意。司马迁是以未来意识去审视历史的。他把立名冲动放在一个巨大历史坐标上。他判断历史,并自信其判断能经受时间的考验。司马迁重名,在某种意义上与追求真理同义。

创作却绝无眼前名利企图，不唯人欲横流的当今无人企及，古代亦罕有其匹。重名的司马迁，却取消了当代，取消了汉武帝评判他的资格。你割我的卵，我灭你的胆。眼前江山是你皇家的，我要打扫清理出一片"历史江山"。我的判断是根本判断。这是何等胸襟？谁曾有此胸襟？

《史记》就其记录的深度广度，思想情感的高度强度而言，不仅前无古人，亦堪称后无来者。从人类学或人性论角度看，《史记》就是一部人性史，人性的秘密被展现得淋漓尽致。司马迁之后，修史之责被统治者强调得愈来愈重，修史路径却愈来愈窄，以重臣监修史书成为常态，史书越来越无趣，个性光彩、人性深度、批判锋芒从史书中全面消失，再也难见文气丰沛、识见卓越。

以后的史学家皆以健全之体承受着精神上的阉割，修着乏善可陈充满奴才相的史书。

《史记》是"谤书"一说在两汉甚为流行，这是将司马迁发愤著书降低为"泄愤著书"了。"昔武帝不杀司马迁，使作谤书，流于后世。"（《后汉书·蔡邕列传》）司马迁不论是否心存诽谤，只要他贯彻实录精神，其当代及后世必有人视之为诽谤。汉武帝及其时代无疑是司马迁暗讽的主箭靶。刘彻创造了一个无人敢判断他的时代，司马迁却给他一个判断。从维护统治者光辉形象角度来说，《史记》为谤书说当然是成立的。对以天生正确自居的人或事物来说，你只要讲真话就完全有可能被视为诽谤。他写刘彻父亲的《孝景本纪》、写刘彻的《今上本纪》，被从《史记》中删除，亦可证此点。睥睨千古易，判断当代难。

对称《史记》为"谤书"的探讨。

"史家之绝唱，无韵之离骚。"当代人普遍接受鲁迅对《史记》的这一评价。《离骚》标志独立诗人的

133

> 对比屈原,评价司马迁的悲剧性。

登场,《史记》则标志独立史学家、文学家的横空出世。屈、迁同历极端精神痛苦,但屈原之痛可由外因而得到缓释或解除(如楚王重新起用他),司马迁之痛却是无解的。司马迁激越感情与强大理性并存,屈原则理性相对匮乏。史学家为历史正义而选择忍辱偷生,诗人因无力扭转楚国命运、自身命运而投水自尽。同为悲剧,司马迁的悲剧更具精神彻底性。

> 微不足道与深深之间的反差印证了刑余之人司马迁对至高皇权的胜利挑战和十足的嘲讽。

汉武帝不会想到,他宏伟一生里这个微不足道的细节——对司马迁处以宫刑,竟深深影响了中华文明。

司马迁走过了灵肉之间的漠漠荒原。随着历史的演进,他的创作产生了极为广阔深厚的意义领域,远远超出了他本人的感觉与想象。两千年来,司马迁和《史记》的遭遇似乎告诉我们,文化或文明就是一棵大树,它知道该吸收哪些养料。

一个穿过了精神炼狱的人,自然会看见他人看不见的风光。

8 一个人的仪式

> 一个人,怎样的仪式呢?

2008年深秋,自广西返回山东的路上,特意绕道上海。目的很明确,就是拜谒夏允彝夏完淳父子墓和陈子龙墓。这几乎是一个"不可告人"的目的了。知道这三人特别是前两人的人,已是少之又少。去拜谒他们墓地的计划,干脆不跟任何人提及,起码能免掉解释的麻烦。

平生第一次来到上海松江区小昆山镇、佘山镇一带。三百年前相继捐躯的三位英雄都葬在这里。

多年了,明清易代之际的历史、人物深深吸引着我,夏氏父子尤其是少年夏完淳最令我难以释怀。晚明诗人陈子龙,与夏允彝是至交,与夏完淳则是师生兼战友,三人在短时间内相继就义。

这里是大都市安静的远郊。放眼望去,是一幅低海拔平原景象。远处有低矮的山阜,近处则河渠交织蒲苇青青。我难以将眼前山水,与陈子龙、夏完淳诗文中常提到的山水对应。

一个人悠悠地走在路上,手持地图,见人就问。后来的事实证明,即使墓地已近在咫尺了,知之者仍是少之又少。

先到达佘山镇广富林村。陈子龙墓就在此。

> 陈子龙墓所在之处荒凉、沉寂。

村庄已拆迁,只剩残垣断壁。残垣断壁与一片湿地、一条小河相连,周边疯长着水葫芦一类的水草,墓就在湿地中间一块台地上,墓地与陆路之间有小路相通。一圈围墙围成一个约两亩大小的墓园,园内生满翠竹绿树。坟丘很低,几与地平,几通石碑立在周围。这是隔着铁栅栏门看到的景象。我进不去墓园,门上挂着锁。不能到墓前凭吊一下,不能读一读那些碑文,我不甘心。我辗转找到了村委。村委干部打通了拿钥匙人的电话,对方却说有事来不了。

一村干部对我说:有啥看头?隔着门看看就得了,进去看也就那个样。

我不自觉地大声答复说好。心中一个主意已定。

返回墓园,铁栅栏很高,顶部锋利。我望了望周围,一个人影都没有,遂决定翻过去。陈子龙啊,你虽是大英雄,却不能为当代人带来钞票,寂寞是注定了。好在真英雄不怕寂寞。我打量着这道门,心里说:只好做一回鸡鸣狗盗之徒了。背包不小,就放在门外,相机从栅栏缝塞进去,外套鞋子脱下来塞进去。手脚并用,小心翼翼,成功翻过了栅栏。这回能把该看清的都看清了。墓前有石柱方亭"沅江亭",已非乾隆年间原物,系 20 世纪 80 年代复建。墓碑则为清乾隆五十一年(公元 1786 年)之原物。另有石碑四块,上面刻有陈子龙生平事迹及其雕像。绕坟一周,揣摩碑文,拍照,默哀数分钟,原路退出。

大英雄陈子龙,你就义时虚岁 40,我已虚岁近 50 了。你还是个青年啊。你看老夫身手如何?就以你大英雄襟怀,对我这鸡鸣狗盗之行付诸一笑吧。

离开佘山镇,来到了小昆山镇荡湾村。少年夏完淳葬在此。

一个人影也没有,无人凭吊。

三百年前就有此村,三百年后这个村仍不大。我转了转,村里极安静,人不多,所见多为老幼,没见到一个年轻人,大约都出去工作了。1644年国变后,夏家由松江府避居小昆山脚下曹溪村,距荡湾村仅数里。在那血雨腥风的时代,亲友选择将夏完淳葬在这里,应当是出于安全考虑。夏氏父子墓坐落在村北田野中,墓园围墙很新亦较高,看上去修竣不久。门是规整木门,加着锁。幸好,守墓人在村里。

守墓人是50岁左右的中年人,开门后就走了。

夏氏父子墓与陈子龙墓格局近似,只是墓园要大些,约有五六亩地的样子。石基围成一块平台,墓呈半月形,高约二米,面宽约三十米。没有古碑,现有墓碑"夏允彝夏完淳父子之墓"系陈毅1961年题写。墓丘上遍覆翠竹,墓前有九株合抱粗香樟树,枝繁叶茂,蓊郁森严。父子俩葬于此已360多年了。父殉国时虚岁50,子就义时虚岁17,他们以近似宗教的虔诚先后献出生命。生命成了他们向故国山河所能奉献的唯一祭品。

1645年11月4日,夏允彝抗清失败后在家乡自沉于松塘。允彝殉国之心早定,曾屡次告诫家人:"我若赴水,汝辈决不可救……"投水时,家人环绕池边,"见死不救"。池浅,不能没人,允彝伏水而死。时夏完淳15岁。

夏完淳又坚持抗清两年。1647年10月16日,夏完淳等43名抗清义士在南京同时遇难,行刑方式是斩首。夏完淳与同时被捕好友刘曙携手昂然而出。夏完淳拒绝下跪,刽子手只好从领下以刀抹其喉。一个幼年即被视为神童,10多岁时所赋诗文就

死得如此决绝。

惊动世人的少年,一个有无限发展可能的天才,以17岁的年龄被定格在历史深处。

这一老一少,处此天崩地解变局,从容面对命运悲剧。他们的死近似一种仪式,一种献祭仪式。

我盘桓良久,不忍离去。

这里和陈子龙墓园一样,一片沉寂。在我到来离去的全过程,除了守墓人,再未见一人。能够独自凭吊英雄,应算是难得的人生际遇。

在碑前站好。垂手。阖眼。默哀。举行这只有一个人的仪式。不用费劲清理杂念,杂念已无影无踪。

默哀进行了多长时间,我不知。应该时间较长,不止常规默哀的三分钟。长时间默哀是异常的。实际上,我是在"享受"这一默哀。情绪思绪渐渐如潮涌浪突,我难以从这场默哀中自拔。一阵风来,似从空中压到脚底,香樟树叶、竹叶及墓园内所有植物叶片飒然作声,仿佛三百年前凄风苦雨骤然而至。我忽然悲从中来,禁不住喉头哽咽,难以自抑。这爷俩的死法,他们的家族、亲族以及师友的壮烈,特别是集年少、才气、壮烈于一身的奇特英雄夏完淳,他的死、我反复研读过的他的遗作及他的一切,此时此刻给我以猛烈撞击。冥冥之中似有一股力量命令我:你就放声一哭吧。

我张开了喉咙,放声大哭,热泪长流。哭了一场,累了,停了下来。片刻之后,那命令又来了,又哭了一场,哭得很累,躯体很想在墓前趴下去。我理解了那些号啕大哭的妇人,为何会不顾一切趴在地上。仿佛被一股大浪推涌着,我不能自已。我不知所发

夏氏父子的死是一种仪式,是一种于国家的献祭仪式。

夏氏父子墓一样地沉寂,无人凭吊。

"我"的默哀是"我"一个人为夏氏父子和陈子龙举行的仪式。

一时间与夏完淳有了强烈的共情。夏完淳的生、死,他的少年意气、毕生志向在作者心里激荡奔涌,唯有一哭。否则,难以抒怀。

哭声是何声,不知我热泪横流是何种样子。

人生中有这场深长的痛哭,是我想不到的。据母亲讲,儿时的我以能哭闻名左邻右舍,能连哭半日或半夜,特讨人厌。那正是一个大饥荒年代的末尾。哭因是饥饿还是病痛,就不得而知了。成年后,不是绝无流泪时候,但未曾这样长哭。

流泪不少,头昏脑涨,四肢尤其是手指发烧发麻,这才知道,人在痛哭之后会有此症状。最后,我俯身墓碑,抚摸着冰凉的碑身,过了好久,才让自己平静下来,又累又渴,从包里取出一瓶水打开,先洒一点在墓前,算是与这爷俩同饮一杯水。

无限的伤感,似还有深深的欣慰满足。

这场痛哭,是否亦有自恋成分?不得而知。一位诗人面海而泣,有人评说:这人有病了。我有病否?我不能回答。

守墓人不知何时回来了。是个形象敦厚诚恳的人。看其神情,我想他可能听到了哭声。我非常感激,他不但没把我当作怪物,还对我露出了有些异样又尊敬的神色。

他望着我,问道:您贵姓?

答复后,他有些吃惊,朝墓丘挥了挥手说:您是他们后人吗?

我说:不是。夏完淳没有兄弟,也没有男性后代。这您知道吧?

他说:这个我知道。我以为您是他们家族的后人呢。

我说:不是。

守墓人不再多说。

> "我"一个人的哭,亦是一种仪式。

> 有怎样的经历才会有如此强烈的共情?

第二辑 时间会说话

139

最近几年,我集中研读了800多页的《夏完淳集》(白坚笺注本),及其他一些史料。我感到,明末士子可说皆具一往情深的精神风貌。夏完淳在其短暂人生里,是一哭再哭。为故国哭,为君哭,为父哭,为师哭,为友哭。夏完淳喜诵老子庄子六朝诗文,有浪漫又忘情的一面,可是,他又极执着——是忘情之上的深情。"传后"可谓中国古人所关心的头等大事,夏完淳在遗言中严厉声明绝不许任何人为他"立后"。"大造茫茫,终归无后。"遗言中的这话说得何等透彻呀!你才17岁呀!

大英雄夏完淳,300年后我这场哭,能算还你一哭否?望能接纳。

夏完淳是人类历史上少见的伟大少年。纵观横览古今中外,很难再举出第二例。"忠"是他及他同代士子的宗教。"忠"是个复杂的问题。他为之尽忠的特定对象,也许并不值得称道,但这不应埋没他的伟大,他的伟大是人性、人格的伟大。他的文章对包括皇上在内当道者的批判,不能说不深刻。他的"忠"有极深广的文化社会关联。这个少年仅存世约5 800天,却能清楚明白大义凛然地死去,古今中外,罕有其匹。有人拿后来民族融合事实,来否定夏完淳这类人的伟大。这是麻木浅薄无聊的实用主义。

清代对夏氏父子墓一直是保护的。乾隆时,还对这些抗清义士予以表彰。清统治者没有让自己陷于麻木状态。后来,极麻木的事竟让新时代汉人做了。1955年4月,荡湾村村民数人盗掘了夏墓。打开夏允彝棺椁,掘出墓志铭一方、印章二枚、松江布数匹,还有折扇、扇坠等物,大多被村民分抢。手稿一卷、线装书十余册,当场损毁!说村民卑鄙不太恰当,说麻木可能更合适些。一座坟,立在身边数百年,不论它埋的是何人,人们一般都会自然地对它产生某种敬畏之情。人能够崇高,也能够麻木、极麻木。

又回到小昆山镇驻地。忽见一个路标,指明前方是"二陆读书台遗址"。二陆是谁?陆机、陆云兄弟。二陆是小昆山人,皆为晋代大才子。二陆在"八王之乱"中,因未能及时从仕途退却,皆死于魏晋特色的惨烈权斗中,兄长陆机还被夷灭三族。当地与他们有关的景点有多处,都是较热闹的处所。古才子虽死得悲惨,却无妨后人轻松"消费"他们。才子似乎总比英雄好玩。

> 才子被消费,英雄被遗忘,严肃被消解,叹叹!

忽然又想到夏氏墓园里的那些鸡鸭。守墓人在这里养了不少鸡鸭,它们在坟茔背面丛林里组成一个鸡鸭帝国,似一直在嘀嘀咕咕发议论。守墓人利用他的特权,追求一点经济效益,亦无可厚非。

突然而至的哭声,只有那些鸡鸭听得最为真切。不知吓着了它们没有?它们会不会感慨:这人这是干啥呀!我痛哭时,忘了天地宇宙,也忘了这个鸡鸭帝国。对英雄来讲,它们倒的确是麻木的。

> 对于这群鸡鸭而言,无所谓英雄,也无所谓意义,它们只是在生存,因而精神是麻木的。正如上文中掘夏允彝墓的村民,他们也无所谓英雄,无所谓意义。这是时代的悲哀还是人性的悲哀?

数年来,我有时会回味起这一经历。当时,我或有不自觉中借英灵之墓,一抒胸中块垒的冲动。块垒为何?我至今说不清。行为可以艺术,语言可资伪饰,深情难以复制。想再有那样一场痛哭,此生可得否?

单元链接

古人不说话,时间会说话。读古人书,如同与古人对话。通过对本单元的阅读，你也许认识到了一个不一样的陶渊明、曹操，与众不同的屈原、司马迁。再去读读王开岭《古典之殇》(山西教育出版社 2020 年版)，赵丽宏《时间断想》(上海文艺出版社 2007 年版)，李国文《大雅村言》(东方出版中心 2016 年版)，对时间、对历史、对古人，你会有新的认识。

第三辑 脚趾要自由

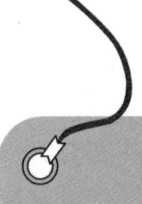

DI SAN JI

夏立君是保有赤子之心的孩童，是精神独立的智者，是思想自由的行者，是用语文的方式丈量天地的纯粹的人。在这里，我们可以跟着夏立君深入新疆的沙漠、雪山与绿洲，游荡于丝绸之路上的街镇、山川和关隘。我们可以随着夏老师去抚摸古树沧桑的树皮，在边塞吟诵边塞诗，在秦始皇陵完成一次与兵马俑的邂逅。

夏立君到过的天地，从荒凉的沙漠到优美的草原到圣洁的雪山，都是野性的纯粹的天真未凿的。而这样的天地也深深地吸引着夏立君的脚步，让夏立君做着精神、心灵的无限的"乞讨"，获得无穷无尽的灵感与启迪。读夏立君的文字，我们一定能够获得不一样的启发。

1 怀 沙

1

一粒沙,再加一粒沙,不停地加下去,就成了沙漠。

沙漠是一粒沙的分裂或繁殖。这多像对宇宙的模拟。或者反过来说,是宇宙在模拟沙漠。

一进入河西走廊,你就开始了与风沙相伴的日子,你的征途里就充满了风沙。越往西去,你会看见越纯粹的风沙及风景,当然,最纯粹的是沙漠自身。过了酒泉、敦煌、安西,就到达甘新交界处的星星峡。星星峡周围像被一场天火焚烧过,能烧掉的全烧掉了。大自然告诉你,你正在逐渐接近亚洲大陆上的核心沙漠——塔克拉玛干沙漠。那是地球上最纯粹的沙漠之一,是早已成熟的沙漠。巴丹吉林沙漠、腾格里沙漠等沙漠是正在生长的沙漠。

3 000万年前,塔克拉玛干沙漠本身及周围地带全是汪洋大海。地理的变化漫长又无情,后来,有了高原高山,有了一个又一个冰河期。最后一个冰河期结束时,随着冰川日益萎缩枯竭,直到有一天,森林和草原消逝了,沙漠出现了。沙漠一旦出现,它就一直在扩大。沙漠的意志就是沙漠化。

> 纯粹的沙漠。

> 起笔言沙,直奔话题。

> 沙漠的意志就是沙漠化。沙漠也是有意志的。

看那些在沙漠环伺下的绿洲,真是危险的存在。海洋、高山、森林等地球上的庞大事物,每个事物似乎都同时是各种事物的共和国。而沙漠似乎只许一种事物存在:沙粒,无限多的沙粒。

肉体一样丰腴,丝绸一样柔韧,大海一样浩瀚。不是水,却有水的波纹;不是海,却有海的形态。——塔克拉玛干在用无边无际的干燥波纹,回忆它的前生吗?一粒种子,落进适宜的土壤里,会长成大树,它便能感知风雨阳光,小鸟就会在上面筑巢,许多生命似乎就有了意义。可是,你把全世界的种子都撒进沙漠里,沙漠仍然是沙漠。山让人仰视,土地让人耕种,河流带来繁荣,大海奉献食物,沙漠有什么用呢?

> 沙漠能够带给人多少遐想和沉思呢?

2

> 沙漠与情感。

> 时间,20世纪80年代。

还是在20世纪80年代,我和我教的那些少男少女们一同迷上了三毛,迷上了她的《撒哈拉的故事》。那可能是大漠风情对我最早的诱惑。现在我似乎有点明白了,浪漫多情的三毛,或许老是感到生活生存的干燥,总盼望有情感的雨露倾泻而下——

> 到纯粹的沙漠去寻找完美的情感。

她跑到纯粹得不能再纯粹的沙漠里,企图去实现完美的情感。

在沙漠里,比较容易看到的唯一景象是海市蜃楼。

除了把自己带进沙漠,不应把任何事物带进沙漠。在进沙漠之前,应先将自己沙漠化一次,让自己像沙漠一样纯粹和彻底。

3

据说,"塔中公路"是世界上最长的沙漠公路。它从塔克拉玛干大沙漠北缘轮台县起步,由北往南纵穿500公里滚滚流沙,到达和田。这是中国人奉献给世界的一个奇迹。我曾数次乘西域客车穿过这条公路。

1998年秋天,我利用一段闲暇时光,从我工作之地喀什出发作环沙漠旅行。旅程其实并没有多少困难,除了少数路段,大沙漠差不多已被柏油公路捆绑起来。我搭乘在绿洲之间奔波的各种车辆,以8天时间环沙漠一周,行程约5 000公里,古西域36国旧地差不多全走遍了。作为这次旅行的结束,我决定再穿越一次塔中公路。当车行至沙漠腹地时,望着四周连绵无尽的沙峦,望着深邃的蓝天,我产生了强烈的愿望:我应当下车,应当在这儿待一会儿。在司机和全车乘客的疑惑中,我下了车。车重新启动,缓缓开走了。现在,除了偶有车辆驶过,路上当然不会再有另一个行人。

在沙漠公路上迈开双脚,立即感受到了在车上感受不到的东西。这里的沙粒极细,似比尘埃只稍大一点。在沙峦间微风吹动下,距地表二三十厘米之内沙尘拂动,如烟如雾。它们并不在公路上停留,总是不停地从公路这边跑向那边。我能听见那细微的沙沙声。这里的沙峦高达几十米至上百米,全由这种细沙组成。我走下公路,登上附近沙峦,发现沙的浮动在任何一个地方都是一样的。实际上,我目

第三辑 脚趾要自由

创造路、修路与走路。

修路。
捆绑,是不是人类对沙漠的征服呢?

行路。
一个人的行走,自由自在地行走。

跑,不停地跑,不在公路停留,是对公路的不屑?

力所及的整个沙漠都在"拂动"——它们皆有一个激动不已的表层。只是我只能看见眼前的拂动。短时间,你不会发现路两边沙峦会有任何变化,时间长一点,一切都会面目全非。如果有足够时间与耐心,我会看见沙粒一点一点将我刚刚造成的脚窝填平。有人担心沙漠会把公路埋掉,这种情况并不常发生。这需要风持久地向一个方向吹。但风总是不断改变方向的。——那一刻,那样的风让我看见了那样的景象。如果风再小一点或再大一点,我看见的就会是另一种景象。

一只漠虎(沙漠地区四脚蛇)突然从我脚边窜过,又在距我几米远处停住,歪头对我审视一番。经常在沙漠地带见到这生灵,但此时此刻见到它我还是很感惊讶。漠虎,你好吗?你饿吗?我掏出面包屑扔给它,它却倏地跑远了。漠虎是一种食肉动物,一定有不止一种更小的生灵拴在它食物链上。可是,除了它,我在沙漠腹地逗留的数小时内再没见到第二只虫子。在我所不知道的时刻和地点,它们仍会做生死搏斗。

站在沙峦上望去,塔中公路如一条黑绸子飘在豪华金黄色大漠之海里。这条路的北端是塔里木河。塔里木河水来自遥远的雪山冰川,流到这儿,那水已如同黄河水般浑浊。它挟带着冰川回忆大漠风尘,流得无声无息,好像它明白自己力量的微薄。那一带的塔河两岸有新疆境内最壮观的胡杨林。一过塔河南岸,胡杨林便迅速消逝,接着,红柳、梭梭、芨芨草、骆驼刺等沙漠植物也迅速消逝,是彻底的消逝,一棵都看不见了。我以为再也看不到能使你联

沙漠中的生命。

想到生命的东西了。沙漠以铺天盖地的金黄色,以一副大富大贵的尊荣呈现在你面前。这是一个沙的统一世界,但生命还是存在的。除了那只漠虎,我还看见一只飞过沙峦的鸟,看见沙峦间有一小潭水,水边有几撮矮矮的芦苇。

天不早了,我回到路边等车,车很少,但总会等到。来了一辆油罐车,我试着招了招手,它竟也停了下来。司机跟我攀谈几句,打开车门,向我证明他没法让我搭车。油罐车缓缓开走了。我继续等。

我只在公路附近登上了几个沙峦,我不敢走到看不见公路的地方。我害怕迷路。在这样的沙漠里,迷路是很容易的。一不小心,路就从你身边跑走了。死于沙漠的探险家或庸人往往是因为迷路。

路是令人感到亲切的。有路就有信心。

如果没有这条路,谁能到这个地方来呢?

在古代,在无路之前,就有人曾深入这样的地方。古人常有我们难以望其项背的脚力。我们是走路,他们是创造路,让路跟着他们的脚,让路跟着他们的雄心壮志。所有的路都是他们先走出来的。千百年后,我们才就着他们的脚印修成了路。是他们先把人类的路给走通了。他们是张骞、班超、玄奘、马可·波罗等。

张骞首次出使西域时就是沿塔克拉玛干沙漠北缘西去,沿南缘东归的。在张骞出行路线图上,这个在今天看来仍然不可一世的大沙漠,却不过是一个微小的局部。张骞真有囊括世界的脚力啊。那时候,大地上有什么路呢?我们早已丧失那样的脚力了。

第三辑 脚趾要自由

创造路者让路来到这里,行路者又沿着路来到这里。路,不仅连接着脚下和远方,也连接着过去与未来。

149

沙漠横在人类前行的路上，从前它检验着人类的耐心和毅力，后来，它检验什么呢？面对它，深入它，我的思绪不得不重新排列组合。

4

在全世界的沙漠中，中国的沙漠似有最好的记性。中国的沙漠记住了中亚史、世界古代史，记住了许多有意味的岁月。在中国沙漠的考古发现改写了中亚史，世界史的某些章节也不得不修改。

1899年3月15日，这是个令瑞典探险家斯文·赫定激动不已的日子，这一天他首次发现了被沙漠掩埋了1500年的绿洲古城楼兰，并对其进行发掘。那些在细沙之下保存完好的院落、生活用具、纸片、木简、树叶，令他一边发掘，一边想象出古楼兰人的日常生活。一所完整的房子清理出来了，房子的木门朝外敞开着。对此赫定在《亚洲腹地旅行记》中不无深情地写道："这一定是1500年前，这座古城里的最后一个居民在离开家时所开的门。"一个离家的人会把门关好，因为他还要回来。那个人走了而没有关门，因为他走时就知道他永远不会再回来了。——流水走不到这片绿洲了，人们只好放弃它，任它死去，把它完全忘记。但沙漠记住了一切。

我在喀什街头旧书摊，偶然买到了斯坦因的《沙埋和阗废墟记》。书中记述他去米兰之前的几年中，对和田几处废墟的发现和发掘。在拉瓦克废墟，他们从沙丘中挖出了91尊高大精美的佛陀菩萨塑像，他清楚这些塑像的价值，却无法将它们带走。他为

> 沙漠有记忆。
>
> 沙漠里的历史与文明。
>
> 在这一时刻，外国的强盗看到了文化，而中国的强盗只看到了利益。

时间会说话

它们一一拍照之后，又将它们用沙粒埋好。他伤感地称这里是一具"沙漠棺材"。五年之后，斯坦因重访此地，发现中国的一个盗墓集团已将所有塑像捣毁——盗墓者以为塑像里面可能有黄金。

今天，我们随时都能听见对赫定、斯坦因等人的咒骂，骂他们是强盗。可是他们是一些文化含量极高的强盗。他们之所以成为强盗，是因为1900年前后的中国人，没有一个人认为他们是强盗，他们走到中国任何一个地方都是受特殊保护的贵宾。更根本的原因是，1900年前后的中国无力产生这种有强大精神力量的强盗了。当时，斯坦因若有能力将91尊精美塑像移走，移到某个外国的博物馆，或许那些无价之宝就留给人类了，而不是被无知小贼捣碎了。

<u>沙漠记住了一个古老文明的衰弱时刻。</u>

这可以说是沙漠的贡献吗？叹叹。

5

在乌鲁木齐新疆博物馆古尸陈列室，我看到了几十具干尸，它们全部来自沙漠，是人们偶然拣到或从沙漠废墟里发掘出的。那具有名的楼兰美女躺在精致的玻璃柜里。它曾是4 000年前的一个美女。我端详着楼兰美女的身体轮廓，悬想4 000年前沙漠人类的生活。她死的时候还很年轻。她怎么死的？她死于自己的美丽吗？不得而知。这具干尸重量是10.5公斤。其他成年干尸重量也都是十几公斤。我们其实就这么点分量，沙漠可不会弄虚作假。你如果觉得自己有了不起的分量，没准沙漠会觉得可笑。

乘飞机飞过西域上空，机翼下沙漠与绿洲的对

沙漠的记性。

沙漠记忆死亡。
沙漠使人回归纯粹。

峙景象,浑似一幅赏心悦目的国画。沙漠的线条,绿洲的边缘,一切都历历在目。每一个绿洲都有来自雪山的河流,一条或数条。这些河流是雪山与绿洲之间的脐带。一旦丧失了这脐带,沙漠就会立即把绿洲吃掉。沙漠已无声无息地吃掉了许多绿洲。大沙漠那一系列沙峦如丰腴的肉体,那一列列沙谷,远看又如楼兰美女那深陷的眼窝。飞机飞临大沙漠腹地时,雪山、河流、绿洲全都看不到了,只有沙漠柔和地无穷无尽地延展开去,似乎地球上只有沙漠了。地球的最后状态会不会就是沙漠状态呢?所谓繁荣,只是人类的繁荣。人类正在繁荣,地球却一天比一天衰弱。

沙漠有很好的记性。它记住了海浪的喧哗、冰山撤退的声音,记住了丛林、花朵、根、叶,记住了马蹄、牛角、羊的舌头、虫子的牙齿。在最后一段时光,它记住了丝绸的光泽、驼铃的悲情、一群又一群人的脚步、带字的纸片、楼兰美女的骨头……它的记忆仍在继续。

"沙漠棺材"是一个很有意味的比喻。谁也不知塔克拉玛干隐藏着多少具"沙漠棺材"。沙漠憎恶生,却迷恋并记住死亡之后的一切。

最后,最后,谁来发现发掘这一切呢?

沙漠与绿洲的对峙是死与生的对峙。

吃掉绿洲,可以说是沙漠的意志的体现。

沙漠只记忆死亡后的一切。

发掘这一切的是时间吗?

时间会说话,但时间又不说话。

时间会说话

152

2　根

在塔克拉玛干大沙漠，在塔里木河两岸，我第一次看见那么多根，那些乔木或灌木的根。它们是胡杨的根，红柳的根，梭梭的根。在塔里木河下游，在库尔勒至若羌的千里长途上，在没有人烟没有鸡鸣犬吠的地方，风在流浪，沙在流浪，河在流浪，路在流浪，唯一坚定不移的是那些根。

当我面对那些根时，我被深深地震撼了——根原来是这样的，根竟然可以这样。耳边的风声，眼前的荒凉，一望无际的流沙，纵横交错的已死和方生的根，令我恍然感到这是一个生命的战场。

我忽然想到，长期以来，我自觉不自觉地忽视了根的存在。我仿佛觉得，那美丽的树干，枝叶丛集的树冠，娇艳的花朵，就是树的全部。是胡杨、红柳、梭梭这些沙漠植物的形态，令我第一次思考根——那些平时看不见或根本就不屑于看的根。正是它们也只有它们抱紧大地，在黑暗中长期抗争。不论是参天乔木还是细弱棘丛，其生命的每一点力量无不来自那看不见的根。立身于世上最严酷环境的荒漠植物，更是付出了一般人难以想象的挣扎与苦斗。

在广袤沙漠戈壁地区，在绝大多数植物绝迹之处，我看见累累坟丘一样的沙包一直排列到远方，那是红柳的家，也是它的墓地。这些沙包都有一个悲

生命的力量。

在这里，风、沙、河、路，都在流浪，唯有根坚定不移。相形之下，根愈加显得与众不同。

根原来是这样的，根竟然可以这样，这就是根带给人的震撼！

壮的名字——柳冢！红柳一旦在沙漠戈壁生下了根，就成了风沙的死对头。它们抓住每一粒扑向它们的沙土，越长越高，最后就成了庞大的柳冢。地表的枝干只有小小一簇，地下却是一个根的庞大家族，根系长达十几米乃至更长。一株红柳就能固住几吨十几吨甚至更多沙土。裸露在外的根都呈弧形紧紧抓住它们的家，抓住大地。这些柳冢都有几十年至数百年的寿命。有朝一日红柳死了，那些已死的根还能在风中坚持很久很久。柳冢连绵是荒漠地区的一道生命奇观。夏秋时节，红柳开一种细碎粉红的花，一团一团这样的花连成片，就像大漠一个热情的梦。

将生命摇篮坚守成墓地，生命的真义被红柳写尽。我的思绪常被风沙中倔强开放的粉红色红柳花，扯得很远很远。

又见胡杨。

在沙漠地区孤旅的日子，我与胡杨常常不期而遇。几十公里数百公里连绵不绝的胡杨林，是沙漠地带最悲壮的生命景观。空中不见飞鸟，地上没有走兽，也几乎没有其他任何草木，只有胡杨牵牵连连一直生长到我目力不及的远方。大沙漠以冷酷的面孔表达对生命的否定，而胡杨却表达了对否定的否定。那一个春天，我独自流连于一片一望无际的胡杨林里。空气的干燥程度，只能用焦干二字来形容。在这样的氛围里，胡杨却约好了似的，一齐打开它们娇嫩的新叶。几米至几十米高低不等的胡杨树错落交织，望去如一座宏大的生命宫殿。我拍打着树干，抚摸着树根，在这股浩瀚生命力笼罩下，我深深地陶醉了。

　　深秋的一天,我又奔赴同一片胡杨林。这时,胡杨叶子全部转换成金黄色,那么纯粹,那么伟岸,连天空似都给染黄了。在抗争的生涯中,胡杨清除了生命中所有的杂质。最打动我的还是那些根,胡杨的根。那些根总是和枝干一同呈现在我眼前。地下的苦斗,在地上很高的地方就显露了出来。那些根是英雄的骨头,支持着不屈的生命。一座胡杨林,就是一座根的博物馆。那些根把胡杨送到高高的沙峦,送到其他生命都走不到的地方。人们说胡杨生一千年不死,死一千年不倒,倒一千年不烂。我渺小短暂的生命无法验证这种说法。我只见每一座胡杨林里,都有许多死而不倒的胡杨,还有许多倒而不烂的胡杨,置身其中,如同置身于大战之后的废墟。这是一座生命的战场,死去的是英雄,活着的都是勇士。这一切都是因为有根。

　　世上的根都是诚恳、沉默、坚忍的。生命的力量就是根的力量。风和日丽的时候,枝叶在地上欢歌,而根在地下沉默;雨骤风狂之时,谁能听见根在地下咬牙?每条根,都是生命的一种沉默诉说。世上凡站着的东西都有根,每棵草每棵树都有根,人难道可以无根吗?面对那些根,我常为自己根柢肤浅而羞愧。

第三辑　脚趾要自由

胡杨的根写满了不屈。

尾段直言根的伟大与崇高。

根柢(dǐ):原指草木的根,这里是指根基,基础。

155

3 大 树

> 树的恩泽。

> 开篇就谈大树。

到大树下站一站，我相信，你的心情会好起来。

我喜欢去一个熟悉的地方，那里有一棵大树和许多小树。有一天，我再去那个地方，但觉那里风云变色，天地动容——那棵大树那些小树都没了，只剩下一片树桩。树没了，土地被抛在那儿，给人的感觉就像一个人突然被剥光了衣裳。树没了，树桩还在。我找到那个最大树桩。我想数清它的年轮，我想知道它在多少岁时被杀死，数了好多遍却没能数清。人竟然可以随意处置一个我们连年龄都数不过来的生命。没有了那棵大树那些小树，我再也不愿去那地方了。

> 人的自负与无知。

一棵大树给周围带来的恩泽可以说是无限的。不只是物质上的奉献，还有精神感召。

> 没有树的世界，是怎样的情境？凄婉哀伤的氛围陡然而起。

人一生能听说许多大人物，也可能偶尔会见到某个大人物，但你能见到或听说几棵大树呢？我是说那些几百岁几千岁的大树。

人生中第一棵大树，生长在我的故乡。它是一棵国槐，乡民称本地槐。据说有600多岁了。我家坐落在沂蒙山区沂河岸边，这棵树就生长在河对岸一座破庙里，树下或站或躺着许多块古碑。那个破败院落曾是我童年的乐园，那棵树则是我童年时代所敬畏的事物。我们这些孩子，只要进入这棵大树荫蔽之下,就等于进入了另一个世界,就会产生不一样的情感。树主干要3人才能合抱,已完全中空,拍一拍,便从里面发出空空洞洞的声音。——那是一种似乎能令我们灵魂出窍的声音。我们凑上去拍几下就赶快跑到一边,我们担心树中鬼神会怪罪我们。我们相信这大树窟洞中一定有鬼神。等我能基本读懂树下碑文时,我就到外地求学了。几十年之后,我想,故乡如没有这棵树,不只是缺了一道风景,而是缺了很多东西。连一棵大树都没有的故乡,还能有什么呢?

另一棵远近闻名的大树距我老家不太远,但它在邻近的另一个县里。它就是莒县浮来山银杏树。我直到19岁那年才去见它,但我自小就知道它。以这棵树为标准,村民可分为两类:见过白果树(银杏别名)与没见过白果树的人。不论见过没见过的人,都会说起它。他们会问从莒县回来的人:没去看白果树?白果树还那样?那人若去看了,就说:还那样。这类对话在这棵树周围的人群中,可能已进行了好几千年了。该树高24.7米,主干周粗15.7米,需8人才能合抱,树荫遮地一亩有余,人称"天下银杏第一树"。它的形态震撼人心。主干如卧地礁岩,巨柯如苍龙盘空,老当益壮,大气磅礴。人们无法确知它的年龄,但能肯定它已近4 000岁。《左传》记载,公元前715年9月,鲁隐公与莒子在此盟誓。2 700年前的祖先,就以它为见证了,就信赖它了。这是一棵将生命从远古坚持到现在的树。师专毕业那年,我被分配到莒县教书。正是迷茫时节,我常常到这棵大树下站一站,在它浩瀚生命气息笼罩下,想一

故乡的国槐。

浮来山银杏树。

第三辑 脚趾要自由

些人生中很迫切或很幽远的问题。有一天，望着它枝头上青绿的果子，我忽然想到：它的年龄是我年龄的 150 倍以上啊！这太不可思议了。我在这棵大树身边工作生活了十多年。我的一生去了一大截，并且是人生中最重要的一截，而它——还那样。我与大树，正像庄子所说的，是小知与大知、小年与大年。它比秦始皇大，比秦穆公大，比孔子大，比老子大，它的每一片叶子都能俯视我们。没有哪个大人物会比它更大。而我们常常把自己弄得很大，把大树看得很小。

　　我见到的最年长的树在陕北桥山黄陵。黄陵轩辕庙内古柏林立，最大的一株称"黄帝手植柏"。树高 21 米，主干高 13.7 米，下围周长 11 米，中围 6.5 米，上围 2.5 米，望去如一巨大圆台，稳重刚健。树身向左方向扭曲盘旋，整棵大树便呈现出奇特的欲前行却又扭身回望之态。它岿然如山，一动不动，却似时时刻刻都在发出千钧之力。据说此树树龄约 5 000 岁，是我国境内最古老的柏树，被誉为"世界柏树之父"。距这棵树不远处，就是黄帝塑像。塑像表现黄帝大步前行又扭身回望之态——也许他是要看看他的民众跟上来了没有。黄帝这形象不就是在模仿这棵树吗？黄帝的苍然形象就是树的苍然形象，他们之间神似。我想，雕塑家的灵感可能就来自那棵树。说它是黄帝亲手栽植，谁也无法证明，只能理解为后人的一种附会或愿望。黄帝是这个民族祖先崇拜的现象与结果。这个民族把自己的祖先及自己的渊源，与一棵树联系在一起。巨树树干一侧有一块巨大伤口，从主干顶部直到底部，树干起码被撕裂

在大树面前，还有谁更大呢？让我们一下子想起了庄子"小大之辩"。

黄陵古柏。

掉几十厘米厚,可以看出,是它的一柄巨枝坠落时一同劈折的。人间没有一把大刀能劈出这样大的伤口。这可能是几百年甚至更久以前的一场暴风雨造成的。5 000 年,它经历的风雨雷电太多了。把一块石头放在一个地方 5 000 年,这块石头可能已化为齑粉了。而它却带着自己的伤口坦然地站在世上。对这个民族来说,这棵树已具有了准图腾意义。

世上的种种事物(包括人),往往都是越老越丑。树却不是这样。没有哪棵大树是丑的。越是大树便越美好。还有什么能比大树更能体现生物之美呢?形态各异的树干,在空中隆重打开的树冠,都是美的。每棵大树看上去都潇洒有仪,都坦率诚恳大度。而我们每个人包括我自己,不管表现得多么冠冕堂皇,骨子里总不可能完全脱尽蝇营狗苟之念,因为人有欲望,有奢求。树有什么欲望奢求呢?树站在那儿,一动不动,但却对它周围的所有生命对脚下的土地都有大恩德。一棵树死了,许多生命便丧失了家园。如果一片树林消失了,那一定是众多生灵的空难。树生得那么伟岸,它的根就是它的脚,它有许多脚,却从不走路。人移植树不是满足树的欲望,而是满足人的欲望。树如果像人一样开步走,到处争夺吃的喝的,那会是什么景象呢?大地大约会在顷刻之间土崩瓦解,所有生命可能都将面临灭顶之灾。正是树的稳定给生命带来了稳定,正是树的无私奠定了所有生命存在的基础。

老祖宗说:山上有直树,世上无直人。面对树,人早就知惭愧了。如果你的心里还能留有几棵大树

第三辑　脚趾要自由

大树可以让我们照见自己,大树可以让我们重新认识自己。

的美好形象，那可能说明你在人生中不难找到美好的事物。

　　树在世上站着，人也在世上站着。到大树下站一站，在大树下想一想。你说，有没有这个必要呢？

> 结尾再次提及到大树下站一站，首尾呼应，余韵悠长。

4　那拉提

在去往伊犁新源县那拉提草原的路上，在优美的伊犁河谷，不时看到一片一片薰衣草。幽静的暗紫色碎花随风招摇，花色、花香似乎都带着一些妖气。薰衣草大约算是被人类注入最多浪漫情怀的一种草了。伊犁是世界四大薰衣草产地之一。

来到那拉提，感觉是来到了一个相当异常的地方。我们已很少能见到这种天真未凿的大自然了。大地似乎在用那拉提来举例子打比方：大自然应该是这样的。

如此优美的地方真是太少了。一棵树与一颗星谈话，一株草与一粒虫谈话，大地与天空似乎一样高。在这儿，大自然保持着细腻的感觉。在更多的地方，大自然只好变得粗糙肮脏乃至只好死去。

那拉提草原位于那拉提山麓。这里是伊犁河上游巩乃斯河流域。要有很多前提条件，才能造就出大自然这一方胜景。在那拉提，条件都具备了。这里三面环山，巩乃斯河蜿蜒流过，绿草如茵，水流似带。如此优美的草甸，恍如梦境的草甸，在你周围打开，河谷草甸连接着山坡草甸，山坡草甸连接着茂密森林，茂密森林之上是遥远的雪峰，雪峰之上是其他地方少见的澄澈蓝天。

你似乎接近了光之源、水之源，进入万千生灵的

> 开篇即营造出诗意的氛围。什么样的花是带着妖气的呢？极大调动起读者的阅读兴趣。

> 河谷，草甸，山坡，森林，雪峰，蓝天，立体化的描摹，如诗如画。

第三辑　脚趾要自由

161

家园,大自然的信息当下抵达你无言的心。在这里,大自然有最好的表情、心情。每时每刻,无非花开花落,虫声兴歇。鹰偶尔巡礼,漫不经心地寻找一个让它空降的理由。天空和大地,被淡淡的喜悦充满。是喜悦,不是热闹。"万物兴歇皆自然。""蝴蝶忽然满芳草。"(李白句)李白没来过那拉提,但一千多年前的李白,所到之处,看到的或许都是与那拉提类似的风景。李白该有一种"忽然"的表情。这里的大自然就是"忽然"的表情。

> 忽然,又让人不觉想起"忽然来了个李太白"。

太阳落山了。大地一点点入睡。先是河谷草甸蒙眬入睡,接着是山坡草甸,接着是森林,雪峰入睡最晚。夜晚来临,生命及各种物质进入另一种状态。牲畜只有较少的欲望,在夜晚,它们就完全安静下来。草的欲望更少,即使每天被牙齿腰斩一次,心里也不留伤痕。

> 腰斩一词,形象诙谐。

我入住一个巨型蒙古包,蒙古包坐落在河谷草甸上,巩乃斯河就在窗下,鲜草的味道、牛羊的味道、水的味道,包围着我。巩乃斯河跳跃般的流水声变得更加纯粹。这刚刚从高山下来的河流,似乎有一种直立行走的姿态和愿望。它总是跳跃着前行。在夜幕中,我独自走到近处一面山坡,与牲畜和草一起披星戴月。夜深了。世界啊,那拉提啊,我要暂时离开你一会儿,我要睡了。巩乃斯河啊,其他事物都安静了,你为何跑到我耳朵里叫得更响?

> 跳跃着前进,巧妙地写出了水的灵动的姿态。

黎明时分醒来,从薄雾蒙蒙的一个新天地中醒来,好像从童话里醒来,好像回到了儿时。儿时,我那沂蒙山缝隙里的家,就在薄雾蒙蒙的池塘与沂河之间。那时,虽是起床了却还不能完全清醒。

> 天地有大美而不言。薄雾蒙蒙的一个新天地,诗情画意的崭新的黎明。

我踏着未被惊动的露珠,又走到近处那面山坡,与牲畜与鲜草一起迎接那拉提朝阳。我看到大地一点一点醒来。雪山醒来,山坡醒来,山谷醒来,最后哗啦一声,全都醒来了。大地的气息丰富了你。你只能说,最美的语言是自然。在这里,有什么好说的,说什么好?

那拉提就是一个摆在大地上的灵感。"大块假我以文章"(李白语)。李白说,他的诗文都是天地自然赏赐给他的。世界越来越物质化,亦越来越趋向虚拟、虚构,大自然离我们也越来越远了。可是,你或许有能力虚构一个心灵给他人,却无法虚构一个心灵给自己。那拉提,我是匆匆过客,你的美好是一个过客眼中的美好。对任何事物,不论写一遍,还是说一遍,谁能完全避免虚构因素呢?那拉提,我向你保证,我要记住我眼中你的美好,杜绝虚构心灵。

第三辑 脚趾要自由

杜绝虚构心灵,即拒绝假纯真,追求最初一念之本心也。

5 大地卜辞

雪泥鸿爪

途经豫西渑池县。

渑池,一个古老的地名,一个留下了古老文明痕迹的地方,仰韶文化遗址所在地。在渑池,想起苏轼《和子由渑池怀旧》一诗:"人生到处知何似,应似飞鸿踏雪泥。泥上偶然留指爪,鸿飞那复计东西。"

嘉祐六年(公元1061年),25岁的苏轼赴任陕西,途经渑池,因其弟苏辙有诗寄赠,便作此诗和之。诗中既有对人生来去无定的怅惘和往事旧迹的眷念,又勉强透着不必过分执着的豁达豪气。有亦庄亦禅意味,是士大夫较普遍的情怀。古人到25岁,一般就视自己已经不再年轻了。这个年纪的苏轼,朝气锐气之上,已不乏对人生的浑厚苍茫感。"雪泥鸿爪"成为后人感慨人生遭际况味时常用的典故。

又想到另一个词:惊鸿一瞥。鸿雁(又名大雁)飞过天空时,总是排成一字或人字长阵。你如果盯着这长阵看,会发现雁阵中的领军雁会不时回顾,大约是观察队伍是不是跟上来了。我们则用惊鸿一瞥来比喻无意间一瞥而留下的深刻印象。苏轼以为鸿雁飞时是不计东西方向的,只管飞来飞去。古人很

> 苏轼《和子由渑池怀旧》原诗有八句:"人生到处知何似?应似飞鸿踏雪泥。泥上偶然留指爪,鸿飞那复计东西。老僧已死成新塔,坏壁无由见旧题。往日崎岖还记否?路长人困蹇驴嘶。"

少懂得动物学知识,他们不知道,鸿雁是方向意识极强的鸟,会成千上万里朝一个方向飞。当然,从较小时空看鸿雁活动,苏轼的话也是对的。雪泥鸿爪、惊鸿一瞥,两个词,与鸿雁有关,亦与时空有关。

人是有痕迹意识的动物,既在意整体痕迹(人类历史),又在意个体痕迹(个人功过等)。又可说人是有意义意识的动物。不少作家、艺术家存有靠作品产生意义、留下痕迹的冲动,可是能被证明具备痕迹价值的作品实在太少。哪怕一时洛阳纸贵,往往也很快了无痕迹。

雪泥鸿爪、惊鸿一瞥被人类赋予感情色彩、美学意蕴。人类一旦开始对自然作艺术美学的把握,"痕迹意识"就产生了。艺术就是形而上的牵挂。

飞鸿如有回顾雪泥上爪痕的意识,它就是诗人艺术家了。

麦积山

初夏上午9点钟的阳光,洒在麦积山那面形态怪异的崖壁上,正是上演光影游戏的最佳时刻。麦积山实在符合"深山藏古寺"这一审美意蕴。藏得越深,其诱惑力越大。佛眼永远蒙蒙眬眬,似视非视,念念不忘的却无非众生。没有众生前来,佛也会寂寞的。为了实现收服震慑人心这一目的,常常需设计大诱惑。

麦积山位于天水东南小陇山群峰中,相对高度只有一百多米,孤峰兀起,犹如一麦秸垛,得名麦积山。中国佛教名窟大多在殊胜之地,论自然风光之优美,则非麦积山莫属。以东西南北方位论,此处可

> 第三辑 脚趾要自由

> 《左传·襄公二十四年》有云:"太上有立德,其次有立功,其次有立言,虽久不废,此之谓不朽。"可即使是被称为不朽的东西在时间面前也只能留下暂时的或者说短暂的痕迹。

> 造像也是有意图的。

看作中国一个地理中心。在河西走廊无边荒凉到来之前,大自然在这里尽情地繁华一回。麦积山周边多为低矮山阜,林木荫翳,空气湿润,清幽深静,想象中的世外桃源就该如此。十几年前的那个仲夏,我一人首度来此,在麦积山及周边盘桓整整一天,日落时分始依依不舍离去。当时就把麦积山列入今生应再来之所。来到麦积山,深入一下麦积山周边,你会理解怎样的地方才能称作"造化钟神秀"。

> 优美风光可以留人。

麦积山窟群只在此一山一壁,崖壁又极为陡峭。踏上连接窟群的栈道,便有凌空蹈步之感了。敦煌莫高窟是一座大壁画馆,洛阳龙门石窟是一座大石雕馆,麦积山则是一座大泥塑馆。笑,含蓄的笑,温厚的笑,神秘的笑,是麦积山造像留给我的深刻印象。高贵从容是贵妇的笑,朴实无华是田夫村姑的笑,暗藏天机是佛、菩萨的笑。最为人称道的133窟深处那位小沙弥的笑,是神秘世界里天真顽皮的笑。在儿童时代,每个人或许都曾这样笑过。后来,就笑不出来了。

> 人生最好的活法,就是回归生活最本质原始的样子。在行走中遇见童贞,回归天真,真乃人生一大幸事。

佛是干什么的?佛或许就是想把你的童贞之笑召唤出来。你如果还能那样笑,你就离佛近了。

胡搅蛮缠

> 胡搅蛮缠,不讲道理,胡乱纠缠,原来这也是有来历的。

失我焉支山,
使我妇女无颜色。
失我祁连山,
使我六畜不蕃息。

——《匈奴歌》

第三辑 脚趾要自由

匈奴歌,匈奴人之歌,一个英雄民族惨败后的深长叹息。唱这首歌时的匈奴正如一头遭受重创的猛兽,再难发出雄壮的吼声。它跑到遥远的地方,舔舐着伤口。一个曾经威震四方、令汉武帝不能安枕的民族,后来从大地上消逝了。历史竟无法说清这个曾不可一世的种族的归宿。

在漫长的历史里,人类常常互为异族和敌人,那可能是人类前行不得不付出的代价。只要是人,就有相同的血液和情感。这就是《匈奴歌》动人的理由。失败了的英雄,他的哀叹也是纯粹的:失去焉支山(即胭脂山,在甘肃山丹县,出产胭脂),我们的妇女不漂亮了;失去祁连山,我们没地方放牧牛羊了。生存竞争是多么具体,具体到贡献皮毛的牛羊与化妆用的胭脂。

河西走廊一带是中原民族与西北各古老民族反复较量的地方。匈奴应当算是中原民族第一个伟大的对手。汉王朝与之进行了几十年生死搏斗,最终毫不留情地赶跑了它。还有更多的民族曾经在这儿厮杀过。历史的结局便是,互相作战越多的民族,融合的程度便越高,文化、人种便越接近。文明需要伟大对手,人不会去跟猴子作战。

> 战争也是一种交流。

从中原望向四方,我们曾有东夷、西胡、北狄、南蛮之称,最早与中原实现融合的是东夷。东夷人没地方跑,往东一跑就到海里去了,所以最好的办法是尽快与华夏融合。在很长时间里,华夏文明深感来自西北"胡搅"与南方"蛮缠"之苦,华夏巨人甚至屡次被打倒在地。可是,结局总是更深更广的融合,是文明体量的再次放大。文明一定程度上是"胡搅蛮缠"的结果,大文明必定容纳消化了最多的"胡搅蛮缠"。与空气隔绝的纯之又纯的文明是不存在的。

我们是不是早就处在另一种局面的"胡搅蛮缠"中了?只是今日的对手,其身影无疑是巨大的,无法像从前那样以胡蛮视之了。相反,一百多年来他们却偏要视我们为某种程度上的胡蛮了。汉武帝无情"亮剑",很有效。乾隆大帝对来自异域的威胁继续以胡蛮视之,结果是自己做了回鸵鸟。

> 历史上一次又一次的胡搅蛮缠让中华文明持续绽放耀眼的光芒。

胡搅蛮缠,胡搅蛮缠……我的大脑里,我的灵魂深处,哪天不在胡搅蛮缠呢?谁的心会像镜子一样明亮纯粹呢?一个人与一群人,一个民族与许多民族,一种文明与多种文明,关系有什么不一样呢?在古老丝路上,我一再发出我的丝路之问。

敦煌飞天

有些地方,仅仅依凭那个地名就能引起你对光色氛围的联想,比如敦煌。2011年6月18日,第三次来到敦煌莫高窟。

> 起笔"光色氛围"给人深刻印象。

在莫高窟窟洞之外,你什么也看不到。只有进到洞内,才能感知莫高窟的神妙。你的身体移进这方空间时,你发现上下左右全是神,或被神所感化的众生,你就处在以神为中心的某种场景之中。丝路花雨,明媚山河,莫名险恶,不同种族的面孔,相似或相异的梦想、回忆、沉思,一同在你面前呈现。无名工匠的情感和智慧,化为佛的尊容,魔鬼的狰狞,教徒的虔诚,俗客的浅笑,商人算计的眼神,指尖的微颤,思想的紧张。宗教所能有的力量都被纳入进来

> 一连串的短句扑面而来,写出了初入莫高窟目睹"敦煌飞天"时的感觉。

时间会说话

了。不难想象,在古代,信众与俗客走入这一方方空间时,身心的沉重和颤抖。

莫高窟那众多飞天被称为"敦煌飞天",一身或数身飞天,一下子就令沉重窟洞生动飞扬起来。不生翅膀,没有羽毛,裙带凌空,漫游太空,不着痕迹,想飞就飞,千姿百态,千变万化,自由欢乐。这多像每个人童年时代的一个幻想一个梦。人性神化,也把神性人化。震慑、说服、诱惑、抚慰、娱悦,人心各各不同,收拾人心的途径却是近似的。

> 又是一连串的四字短语。

莫高窟壁画被视为具有无与伦比的艺术价值。所谓艺术、艺术价值,是偶然,还是必然?古人不是为了创造艺术作品才进行这些创作的,他们创作时的虔诚说不上是对艺术的虔诚。是对信仰对精神的虔诚吗?亦未必。画佛像的工匠,或许仅是为了一餐饭。今天,遍地都是艺术工作者,"工作"是真的,艺术就未必了,更不必说精神信仰了。人类的某些历史痕迹,会被视为伟大的艺术品。越是伟大的艺术品,往往越非有意为之。那曼妙的飞天,不是为了艺术才那样飞的。

> 敦煌飞天,有意抑或无意为之,都已成为伟大的艺术品。

第三辑 脚趾要自由

函谷关

函谷关及其外围,只见塬峁纵横,七沟八梁。历史深处,函谷关曾是一个不破的神话,它对任何一个政治家军事家都是最高挑战。

据说,周朝末年一个清晨,函谷关关令尹喜站在关门前远眺,望见东塬上霞光万道,紫气浮空。尹喜大呼:紫气东来,必有异人!果然,老子骑青牛自东

> 塬峁(yuán mǎo):黄土高原上好的耕作地区叫塬,顶部浑圆、斜坡陡峻的黄土丘陵叫峁。
>
> 写函谷关,自然想到函谷关的传说。

169

> 老子之"道"与道路之"道",都需要看见自己的心,都需要看清楚自己的心。

方款款而来。

如今,函谷关风景区着力打造道家文化圣地,老子当然是最有分量的道具。"道可道,非常道……"道具的"道"与老子的"道",可不是一个道呀。

面对世界,老子选择沉默、静、弱、低、雌、柔……想象中,老子该是个老太太一般的老头。他可能是第一个不歧视女性反而崇拜女性的华夏男人。

沟壑纵横的函谷关,是个太容易令人误入歧途的地方。老子想告诉人们怎么走路。他说,走路时要看见自己的心、看清楚自己的心。老子只求有道可走,并没有说要到哪里去。老子用非常单纯的心看见了宇宙。

经营者在沟谷间开辟出一个不小的广场,竖起一尊高28米、重60吨、总投资2 588万元、铜胎贴金的老子巨像。老子巨像金碧辉煌,趾高气扬,可把老子、老子哲学讽刺得不轻。自古以来,好脾气的老子还没有受过比这更滑稽的讽刺呢。

老子喜欢说这样的话:大音希声,大象无形……五色令人目盲,五音令人耳聋……天网恢恢,疏而不漏……

老子是这么认为的:不可一世的事物,其结局必定是滑稽。

老子还想告诉人们:你何必总是为刻意达到目的而痛苦不堪呢?

老子愿意到任何一个人的心里去。老子有可能就在你的会心一笑里。你如果能在安静中看见自己的心,就有可能看见心里的老子。

老子感到,人的各种器官都太嚣张了,最好能经常地减弱一下或关闭一下。

老子巨幅铜像显然不会安装"心",却有不少人在其脚下焚香叩头。有心的人总愿拜倒在无心的偶像前,几千年来人类就愿意上演这种失心游戏。心可以自己失,也可以被失。老子太明白这一点了。实际上,人们需要的是喧嚣,更加喧嚣,热闹,更加热闹,而不是老子。老子当然知道。

在嘲讽之前我已自嘲了,在荒诞之前我已荒诞了。

> 现实中,又有多少有心的人拜倒在无心的偶像前,主动上演类似失心的游戏!叹叹!

楼兰美女

乌鲁木齐新疆博物馆古尸陈列室展出几十具沙漠干尸,其中"楼兰美女"最为有名。它的重量是10.5公斤。四千年前,它曾经活色生香,水分充足。把水分还给自然之后,就剩了这么点分量。——我们也就这么点分量。

我在《怀沙》一文中,已写过它了。相隔十多年后,我又见了它一回,忍不住再写一回。一具躯体,偶然逃避了时间的寻常规定,化为这座袖珍废墟。她变成了它,成为一件展览品,成为一件许多人眼中的"宝贝"。被发掘出来后这短短几十年里,它见过的人比活着时见过的人,不知多出千倍万倍。它那黑洞洞的眼眶,正在呼喊什么似的嘴巴,扭曲的肌肉,绝对是一种黑色幽默。"我是流氓我怕谁",典型的当代痞子腔。楼兰美女的幽默比这高级多了。"楼兰美女"摆出的却应当是彻底的解构主义或彻底的嘲弄姿态:我是废墟我怕谁。有一种幽默是楼兰

> 把水分还给自然的,是时间。

> 能够偶然逃避时间寻常规定的,还有吗?

美女式的幽默。

有人热衷于将楼兰美女复原,并把笑意盈盈的复原图与身体废墟摆在一起。不论白天还是黑夜,它们该一直在互相嘲讽,一直在指责对方太荒诞了。

我们背负着孤注一掷的生命,不远万里来这里参观这身体废墟。为什么会对它有兴趣?它无意中把我们更本质的存在形式,彻底暴露了。废墟似乎更容易抵达真相或真理。生动鲜亮却总是疑似谎言。

人可以在活着时就已经是废墟,年轻的或年老的废墟,移动的活的废墟,时时散发着真正废墟散发不出的浓烈的腐败气息。一万具楼兰美女不会改变空气,一具活废墟却能足以令你窒息。甚至会有这种情况:在我们的生活中,个别儿童竟然会早早地不可救药地散发出成人废墟的气息。

华莱士·史蒂文斯把这样几句话放在一起:"每个诗人都有点儿像农民。亚里士多德是一具骷髅。身体是伟大的诗篇。"

我颠覆一下或变相抄袭一下:"优秀的农民就是诗人。亚里士多德的骷髅一直在追问亚里士多德。身体是那首最容易腐败的诗。所有的废墟都是黑色幽默。"

塔克拉玛干沙漠腹地

我曾这样描述沙漠:"一粒沙,再加一粒沙,不停地加下去,就成了沙漠。沙漠是一粒沙的分裂和繁殖。"

来到塔克拉玛干大沙漠腹地,看见的风景、产生的感觉,会更具象一些:

一条条噬尽生命的长舌。上帝抛在人间的一句句咒语。连最有耐心的时间也会感到无聊。每粒沙都是身怀绝技的士兵或运动员,而这士兵或运动员完全听从风的召唤。每缕风都是纵情肆虐一切的暴君。没有教练没有裁判没有观众。除了暴君就是草民。草民和暴君的配合天衣无缝。

我数次乘车走过纵贯大沙漠的塔中公路,到达腹地时,就看见了这种风景。

沙漠与绿洲

从绿洲进入沙漠,或从沙漠进入绿洲,都给人以强烈的感受。似乎不存在过渡,你一下子就进入了本质相异的事物内部。

沙漠这件作品太无聊太漫长了,大自然就拿绿洲画上一个又一个句号,让沙漠中断一下。生命的长篇大论全在绿洲这小小的句号里展开。表面上看是绿洲与沙漠对峙,实际上是遥远的雪山冰川与沙漠对峙。每一个绿洲都有一根或数根脐带与雪山相连,那就是来自雪山的河流。每一个绿洲都通过河流建立起与雪山冰川的同盟。绿洲是雪山冰川散布在沙漠里的果实。雪山冰川无疑是绿洲的后盾,是广大范围里生命系统的源头。河流的生死、一株草一棵树的生死、一只虫子的生死、人间烟火,都决定于它。

从大范围看,似乎每一个绿洲都在劫难逃,但实

> 是什么能够让最有耐心的时间也会感到无聊呢?也许是因为沙漠是有意志的吧!

> 有生命的绿洲。

第三辑 脚趾要自由

173

际上它们已坚持了千年万年。绿洲与沙漠的同时存在似乎是向你证明：大自然是个双面神。

我去过许多绿洲的边缘。那都是一些很有意味的地方。绿洲往前走一步再走一步，然后果断停止了。以一棵胡杨、一丛红柳或几株沙枣为标志，外面就是沙漠或戈壁。绿洲这个生命系统清楚沙土中水分的含量。它知道在什么地方适可而止。在那样的地方，绿洲是美的，沙漠戈壁也是美的。它们是一对很合适的敌人。

正是因为适可而止，才造就了天地之大美。

赛里木湖的黄昏

到达赛里木湖时，太阳已从环湖高山上落下去了，天地一派寂静。我看到了此行最美的晚霞。能见度极高的西部天空上，似乎在布置一场盛大的演出。湖面已是一片幽暗秘境，头顶的天空却似仍在燃烧。看夜色迅速笼罩湖面，听湖水在轻风中絮语。那浩大的湖面朦胧欲睡，周遭的雄伟山体隐约映进湖里。

比喻新颖别致。

这一天是2011年6月22日，夏至，日照时间最长的一天。夜里11点钟，赛里木湖上方高远的天空里，盛大的落日仪式还没有完全收场。晚霞由鲜红转为暗红。暮色如水。水如暮色。

赛里木湖的黄昏绚烂而又宁静。

湖四周坡地，为优良牧场。远处有温暖的蒙古包和与之依偎的安静畜群。耳边似又响起蒙古民歌《出嫁歌》的旋律，歌曲结尾时这样咏叹：来世再做牛和马，永远陪伴在父母身旁。很是打动人心。游牧民族语言中的做牛做马，与农耕民族所说的做牛

174

做马不是一回事,对游牧民族的生活略作深入就明白了。游牧民族把牛马等牲畜既当作生活的依赖,又当作朋友伴侣。

此行不能在赛里木湖久留了。好在十多年前我已感受过它。1997年仲夏,我一人来到这里,在湖边哈萨克牧民帐篷里住下。那户人家祖孙三代十几口人。语言不通,手势和表情却能解决一切问题。他们在帐篷内靠湖一侧给我匀出一身之地。那个十五六岁正在读中学的姑娘,把她大姐家的孩子,一个才一岁多的小男孩放在我与她之间。我与他们一家人就这样过了一夜。他们的牲畜汇集在帐篷附近。在湖水的伴奏中,我听了一夜异族梦话,我能分辨出说梦话的是孩子、青年还是老人。一大家子人睡在一起,是个说梦话听梦话的好环境。我的儿时就是这样的。

天亮了,喝下姑娘给我盛上的那碗牛奶,踏着妙不可言的草坡,独自上到湖边一座山顶。——我向往山那边的景象。果然,山那边的景象似给我重重的一击。一座纯然绿色的山谷,看不到一点杂质,看不到一点人类活动的痕迹。如此优美的山谷,给人如梦似幻之感。最令人惊奇的是,整个山谷只有一匹马。这是一匹尚未受过绳索羁束的小马,它静静地站在绿毡似的山坡上,雕像般一动不动。难道,它亦喜欢孤独?这个时节,在这样的地方,它很容易吃饱。

十多年过去了。那个纯朴的红脸膛小姑娘早已长大成人,只是不知那匹马还在人世否?那片山谷还能那样优美吗?

第三辑 脚趾要自由

哈萨克牧民淳朴、坦荡、热情、自然,有着犹如孩童般的赤子之心。

纯粹的自然与完全自由,无忧无虑的小马,任谁看到都会心生向往。

这种感受，你是否曾经有过？刹那间仿佛穿越了时空，带你回到记忆深处的某一刻。

有时候，某段音乐、某种情景或某种心情，会令我一下子回到那个山坡，陪那匹我记忆中的马静静地站一会儿。

6　读边塞诗

拿过那些边塞诗敲一敲,你会听见长城砖的声音,黄河的声音,冰雪的声音,沙漠的声音,大地的声音,方块字的声音,盔甲的声音,千万死者亡灵的声音。

陇头流水,流离四下

我听见了一位汉子的叹息。这是一位被压迫到极点的汉子。他行走在帝国的边塞,行走在陇山下。陇山在今陕西陇县西北与甘肃交界处。这里是黄土高原西部。

> 陇头流水,
> 流离山下。
> 念吾一身,
> 飘然旷野。
>
> ——《陇头歌辞》

从这首北朝乐府里,难知这位无奈的深深怜悯自己的汉子,因何缘故不得不在陇山一带飘然于旷野。"念吾一身",这一"念"这"一身",实在动人。这个深情而痛苦的男人,与蛮荒旷野连绵群山对峙了千年,引我叹息的力量却依然如故。

一般而言,我们都是在书房里读边塞诗,在教室里读边塞诗。读或雄浑或悲壮或慷慨或凄凉的边塞诗。从中,我们读出的是大漠,是山河,是政治,是历史。站在现代,站在边塞读边塞诗又能读出怎样的感受呢?

第三辑　脚趾要自由

是一位汉子的叹息。

世纪末一个淫雨连绵的夏日,我亦行走在这片土地上,此行不是兵役、差役,是旅行。那位叹息声声的汉子在漫漫长途中,或许会梦见他的妻女、他的父母、他家的鸡狗猪兔大豆谷子,却不会梦见千百年之后有人纯粹为了猎奇,竟将他所深恶痛绝的艰辛行程一游了之。所谓古代,所谓现代,人忽然而生,忽然而亡,这位无名无姓的汉子,却能偶然地在这首诗里活了下来。他一心为他的妻女父母大豆谷子活着,但他很可能不得不为皇帝或其他什么人活着。他的飘然之感凄凉之痛人生之苦由此而来。

由西安发出的夜班火车,沿浊流滚滚的洛河北行。这是驶往陕北的专列。

连日的淫雨似已把黄土高原泡透。即便是在夜里,也能使人感受到支离破碎的黄土高原的呻吟。雨又下开了,下得天地混沌。钢轨和火车都软绵绵的,与河西走廊及更西的大戈壁上列车的行进大异其趣。子夜时分,在一个不知叫什么的地方,火车哐当一声停了下来。有消息说,前方出现塌方,等待清除。这一等就等了十几个小时。在闷热拥挤的火车里,终于熬到了天亮。夜里感受到的一切成了眼中的一切。我看见天上地上淋漓一片,深陷山坳的洛河更加浑浊——黄河就是由这样的支流染黄的。据说,这里是世界上最深厚的黄土地带,土层厚达几十米至上百米。可是在黄土高原,我看不见高原,只见沟、梁、坎、塬左冲右突,你的视线永远放不开,大地的累累伤痕填满了你的眼睛。我看见一堆堆、一片片、一块块、一丝丝、一缕缕的黄土连同上面的灌木草丛一起倾入沟谷,搅拌进浊流。大地仿佛正在一点点融解化掉,像奶油或蜡烛一样摊开流走不可收拾。这首有名的古歌适逢其时地予我以沉重的撞击。"陇头流水,流离山下。"走在这样的路上,看着这样景色的古代征夫,其情思悲凉是可以想见的。

这样的景色也可以称是美的。什么美?让你伤心叹息的美。大地上只有一道道岭一道道沟,肺腑毕露,筋崩脉裂,皮开肉绽,人生有其间,如虫如草如石如尘。小桥流水令你低回,高楼大厦让你知道什么叫现代,这里叫你心动叫你叹息。那位征夫心动最剧,叹息最深。他当然不是因为什么美,他是因为被剥夺得只剩下叹息。他离开了温暖的家,来到这个他痛恨的地方,他想家想亲人想庄稼,但他只好叹息。时至今日,这声叹息竟也被我当作美来欣赏了。是啊,他叹息得真美。他的叹息是真的。

陇头流水照样流。皇帝留下了长城、陵墓、史书中的业绩和名字,小民留下了叹息。陇头流水,流离山下。那不是流水,那是大地的叹息。

> 是令人伤心叹息的美。

春风不度玉门关

春风在玉门关停住了。是王之涣让春风停在了玉门关。王之涣这样一说,唐代及以后的人们好像全都承认这是事实,并竞相传颂。春风听王之涣的。他让春风停在了玉门关,这一停就停了上千年。

> 玉门关以西的春天,勇敢的生命。

黄河远上白云间,一片孤城万仞山。
羌笛何须怨杨柳,春风不度玉门关。
——王之涣《凉州词》

179

古凉州，其区域汉唐时基本包括今甘肃全境。玉门关一带应算凉州最西部了。王之涣《凉州词》曾被誉为唐诗七绝压卷之作，典型盛唐气象。即使在盛唐，即使在气势非凡的边塞诗人笔下，玉门关亦被视为某种地理极限。地理极限就是心理极限。黄河、白云、孤城、万仞，不论视野多么辽阔雄浑，玉门关却是最后界限。我见过玉门关的春天，见过玉门关以西的春天。我在那样的春天里打过滚。

西域的春天也是春天。没有莺歌燕语，没有小桥流水，没有软绵绵的杨柳枝，春天却更凌厉更真实。玉门关在敦煌。由东往西行旅到达敦煌的人，必已有了繁华渐少荒凉递增的真切体验。远在武威、张掖，沙漠戈壁就完成了对绿洲的围追堵截，酒泉、嘉峪关、敦煌则纯然是绿洲文明了。但这还不是荒凉的极致。王之涣说：春风不度玉门关。王维说：西出阳关无故人。阳关亦在敦煌。他们表达的意思是一样的：玉门关、阳关以西是不可思议的地方。古人心目中，敦煌是进入西域前最后一站。人们在这里掂量一下脚力，梳理一下心情，以决定是东返还是继续西行。今天，从敦煌出发，经过浩瀚的沙漠戈壁，几个小时车程就到达甘新交界的星星峡。在这儿放眼大地山河，你会以为这里不久前曾发生过一场范围广大的天火。在这里不止找不到春天，你根本找不到季节的标志物。

可是，春天并没有被消灭。春天挺进到了荒凉的最深处。

这是塔克拉玛干沙漠的春天。

春天来了，飞沙走石，惊天动地，绿洲上空浮尘

是大漠里的春天。

万丈,连太阳都遮住了,但不久便天朗气清。在大沙漠西缘的喀什绿洲里,我迎送过三个春天。我清楚地知道绿洲是生命的集团军,是大地的肺叶,是春天的舞台。最感动我的还是绿洲之外沙漠戈壁里的春天。最勇敢的生命在那里度过春天。

在那长年无雨干燥至极的地方,春天还是来了。那是胡杨、红柳、梭梭、骆驼刺们的春天。在一个春天里,我远远离开绿洲,深入南疆其尼马克胡杨林。胡杨正在春风里撒开它们嫩黄的叶片。胡杨树绵亘数百里,高大的幼小的错落交织,组成一个生命的宏大宫殿,它们相互呼应着,走过一道又一道沙梁,走向我看不见的远方。春天是咬着牙到达这个地方的。在世上其他地方的森林里,我们会看到众多生命的聚集与喧嚣,这里却只有胡杨在独唱,在春风里独唱。

能够在春风里独唱的还有红柳。在远离水源远离一般生命的地方,你看见累累坟丘一样的沙包排向远方,那是红柳的军阵。每棵红柳都随身带着自己的墓地,人们称它们为柳冢。红柳一旦扎下了根,终生便从事捕捉流沙的事业。

我敬佩这些有勇气独唱的生命。没有它们的独唱,春风可真会不度玉门关了。

  不敢望到酒泉郡,但愿生入玉门关。
       ——《后汉书·班超传》

历史深处一位老战士在深情独唱。为皇帝为王朝在西域转战一生的班超,感到自己的生命力已趋

> 是眼前的边塞,诗歌里的边塞,文化上的边塞。

枯竭,感到余下的时间不多了,他就对着皇帝发出他的"绝唱"——他希望皇帝能让他在死前回家。果然,班超回到朝廷不久就辞世。王之涣及所有摇头晃脑吟诵"春风不度玉门关"的人,都是由东往西望,班超是由西往东望。他们不约而同地把玉门关当作一条重要的界限,只是心态心境有霄壤之别。班超差不多把"玉门关"当作回到老家的一道门了。

春风不度玉门关。这不仅仅是一句好诗,它更是一道地理界限与心理界限。

7　绿洲深处

喀什噶尔绿洲的春天来了。

从没有叶到有叶，从没有花到有花，大自然从头向我展示绿洲春天的所有奥妙。一个生命的集团军迅速行动起来，无所畏惧，所向披靡，把绿洲连成一个纯然绿色的板块，与沙漠对峙。

我一人骑自行车向喀什噶尔绿洲各个方向探索。在任何一个方向上，我都走到过它的边缘。在绿洲，我不怕把自己走丢。最长不过几十里，就会到达绿洲边缘。

各个方向的绿洲边缘，都是一些很有意味的地方。绿洲往前走一点再走一点，然后果断停止了。以一棵胡杨、一丛红柳或几株沙枣为标志，这一面是绿洲，另一面就是沙漠戈壁。绿洲这个生命系统清楚泥土中水分的含量，它知道在什么地方适可而止。在那样的地方，绿洲是美的，沙漠戈壁也是美的。它们是一对很合适的敌人。我相信，同一株植物，它伸向绿洲方向的根系，与伸向沙漠戈壁方向的根系，该会清楚水分的差异。

到了5月，到了6月，人在绿洲里穿行近似一尾鱼在水里穿行。到处是白杨闪闪发光的影子。它们密密地站在每一条大道小道边，站在每一块田园的周围。在白杨的包围下，是一块块苜蓿地、麦地、玉

> 第三辑　脚趾要自由

> 骑行向绿洲。

> 清楚泥土中的水分，知道适可而止，各美其美，美美与共，这是真正恰到好处的处世哲学。

米地,以及一个个果园、村庄。

喀什噶尔绿洲就是一个大果园,栖息着几十万绿洲居民。那些还贫穷的绿洲居民,却是水果方面的富翁。每座简陋房舍都连着一个精致的果园。各种美味的果子,是上帝对这些朴实者的赏赐。果子的诱惑是永远的。《圣经》中说人类的堕落是从一个果园(伊甸园)开始的。庄稼、庄稼地令人联想到温饱烟火,果园则往往与神圣事物相联系。神仙的住所常常就是个果园。神仙似乎不吃粮食,只吃水果。

走过那些飘着各种水果味道的村庄,就似进入一个大水果内部。大水果里还有许多事物:土坯房,小桥流水,清真寺,鸡鸣犬吠,庄稼,毛驴,羊。维吾尔老汉看上去不只仪态美,似乎还总是比我们安静。他们在自家门口树荫下,摆上黄铜茶炊,是最寻常不过的景象。这在摄影家或美术家眼里,就成了极好的审美对象。

世纪末春末夏初的一个周末,我骑车出市区,往东去。这是到喀什的第一年,我一点一点探索这个绿洲。很快就进入了绿洲深处,走到哪儿都是哗啦哗啦的水声。走过一条条白杨笼罩的大道,转入一条条白杨笼罩的小道,又走过了几个村庄,估计距城约二十里地了。在一个村头,前面似乎已无路可走。不远处见一维族老汉蹲在白杨树下。我推着车往前走。我还没有学会与问路有关的维吾尔语,便没开口。我习惯自己摸索着穿行绿洲。

"哎,哎,你咋一个人跑到这儿来啦?"

那个老汉突然站起来,朝我发话。他说的是汉语,且是山东话。原来竟是个山东汉族老汉。他的

骑行出市区。

自己摸索着穿行绿洲,真正的自由自在。

家和许多人家就在一大片白杨树掩映之下。

在绿洲深处,在这个维吾尔族村庄里,我意外地"捡"到了一个山东老乡。特别重要的一点是,他还是一位农民诗人。他把我领进院里。家中只有他与老伴。这是个和维吾尔族农家完全一样的院落,葡萄架、果园、土坯院墙、土坯平房,几只羊、砍土镘,就是没有维吾尔族农民家家都有的毛驴。我们首先互相作了自我介绍。他叫祝玉亭,山东郓城人,1959年高中毕业,因出身问题,60年代中期就携带妻子开始流浪生涯。东北、甘肃、青海、新疆,一路流浪下来,1973年到达最后一站喀什。在喀什,他落脚于一家农场,与维吾尔族农民比邻而居。他也想不到,一生竟就撂在了这个地方。几个儿女在艰难中长大成人,在他五十多岁时,家里便只剩下他和老伴。生活出现了新气象。他到处找书读,并开始写诗,一写写了一二十年。到我遇见他时,他已发表上百首诗,成了喀什乃至新疆都有些名气的农民诗人。这样相遇,我们都很兴奋。他迫不及待地将他已发和未发的诗作,一一摆在我面前。人们称他是农民诗人,这是用身份给人"命名",其实他的诗中最少田园风味。读了几首,我就判断他是个真正意义上的诗人。

在喀什生活一段时间之后,我有时也会被邀请参加一些文化活动。没有那次相遇,以后也会见到的——在会议室里或在饭桌上。但不知是因了怎样的造化,非要那样相遇不可。

老祝说:"我那天情绪坏极了,死的心都有了。我刚出门,刚在树根蹲下,就看见你过来了。——极少有汉人到这个埝来。"他的山东话一点没变。这

第三辑 脚趾要自由

绿洲深处的意外相遇。

埝:这里是地方的意思。

年,老祝60岁。只要他不开口,在这个地方,陌生人一般都把他当作维吾尔族老汉。

老祝的家就成了我的家。我常去那儿。我在他家度过好多个夜晚,那往往是春天或秋天的月夜。在葡萄架下,望着从层层叶蔓间筛落下的月光,我们说着说着就逐渐兴奋。老祝拿出二胡对着月亮就拉开了,拉的是《二泉映月》《沂蒙山小调》等曲子。他拉二胡,还给二胡写诗。诗名《二胡的前言后语》。

> 筛落下的月光,筛,一字传神。

> 诗人当然要有诗。

二胡,你这只有两根胡子的老东西
用这两根胡子的嘴又说话又唱歌
模仿禅坐,点头哈腰,前仰后合
半阴半阳脸,半开半闭眼
揉,滑,打,拉,弹
用指尖拨弄是非
二胡,被扒皮的鱼在寻找它的皮
响亮是麻木的皮,皮值几个钱?
……

你看,老祝这诗,实在不是农民诗人的味道。老祝还会画画,他的画发表在自家家具上,墙壁上。多才多艺的老祝受大半生压抑,晚景到来时,要舒展一下生命叶芽的冲动变得强烈。后来,我知道了,他那天的坏情绪,与一段非分感情波澜有点关系。

夜深了,我们走出院子,走到田野里。田里有苜蓿、小麦、玉米等作物。月亮明晃晃地挂在天上,月光下的绿洲青白青白。天地之间似只有我们二人。绿洲里,白天太阳特毒,晚上月亮贼亮。有那样的天空,才有那样的太阳和月亮。我抚弄着庄稼,庄稼上都没有露珠。到了沙漠绿洲地带,我才知道,没有露珠植物也可以生长得很好。我估计是这样:植物输送到叶尖的水分,很快就被焦干的空气捉走了。

我说:"孩子都在城里,没打谱去城里住?"老祝说:"这里安静。城里太闹。"是的,这里真叫安静。这里可能是人世间最幽静的地方。躺在老祝家的床上,我感到整个世界在酣睡。能捕捉到的唯一声音是门前流水声。我与躺在另一张床上的老祝说话。他说:"立君,我1992年去了一趟北京,好不容易找到一位高中同学——人家已是厅局级干部。吃过饭,他老婆收拾碗筷时把我用过的另放着。过了一会儿,我听见厨房里咚的一声——肯定是人家把我用过的碗筷扔到垃圾桶里去了。唉,人哪。"他很长时间不吱声,我以为他睡了。他忽然又说:"立君,这两年,我老怀念青海一个地方,就是青海尖扎县一个地方。有一座山,风光真美呀——三十年了,不知现在是不是还那样美。我老想着死前再去那儿看一看,如果还那么美,我就从最喜欢的那个悬崖上跳下去……我可不想死在床上。"我说:"老祝,老祝……"老祝的灵魂仍然在流浪。

老祝在绿洲里,在举目可见清真寺的地方,在穆斯林中间生活了几十年,他蹲在那棵白杨树下时,被我误认为是个维吾尔族老汉,那形象的确也像。水土之养有一种润物无声的力量,不知不觉就会改变你。灵魂的改变当然是一件漫长得多的过程。他的心中没有"真主",他的灵魂仍在漂泊。

打谱:打算,计划。

门前流水是绿洲深处最美的声音。

老祝在绿洲中绽放生命,却并不将绿洲视作归宿。

生活在绿洲深处的老祝思想在流浪,灵魂在漂泊。

第三辑 脚趾要自由

187

8　世纪末的落日

喀什城东郊是一片水,名东湖,湖面约五百亩大。在喀什的三年里,我每天都要在东湖与城市之间往返。我常在湖岸遥望慕士塔格峰,观各个季节的雪峰落日,或欣赏另一方向的日出。

慕士塔格,亦名喀什噶尔山,有"冰川之父"之称,与公格尔峰、公格尔九别峰,组成帕米尔高原三高峰。慕士塔格那朦胧浮空的雪峰,在喀什城抬头即见。高原上的这件大器,距喀什噶尔绿洲尚有两百多公里。

我曾到达慕士塔格峰跟前,看到了雪峰与卡拉库勒湖(地球上海拔最高湖)组成的世间绝美风景。望向雪峰,望向雪峰在冰冷湖水中的倒影,很容易理解生活在雪峰边的人们对雪峰的崇拜。

在喀什东湖边,在合适的时间,我会看到两百多公里外的慕士塔格的雄伟山体在湖中的柔和倒影。在这里,雪峰与湖中倒影,就有了人间烟火气。1999年12月31日傍晚,在东湖东岸,我独自目送二十世纪最后一轮太阳。

这差不多可说是中国最西部的落日。东湖湖面全结了冰,无法形成慕士塔格的倒影了。北京时间下午 7 点 19 分,太阳衔山,整个天空找不到一丝云彩,唯一轮太阳在雪峰之上慢慢坠落。如此纯粹的

> 具体时间,是在 1999 年 12 月 31 日。

时间会说话

落日,在其他地方是不曾有的。太阳就像一个鲜红圆润的水轮。

夕阳吻接雪峰瞬间,似被雪峰一下吸住。太阳被冰雪洇湿了,体量迅速膨大,水汽淋漓,烈火熊熊。夕阳沉落一点、再沉落一点,直至完全没入雪峰。此过程持续约 3 分钟。在世界不同地方,日落时间是否相同呢?有待验证。太阳不见了,雪峰却仍在燃烧,甚至是更猛烈地燃烧。以慕士塔格雪峰为原点或支撑点的浩瀚天空,这个时分妙不可言。颜色由血红金黄淡红,过渡到浅蓝深蓝,如无限铺展开的绸缎。日没处激动不已,远处则一派宁静。

谁会注意发生在天空中的事情呢?东湖边只我一人。此时的喀什像往日一样升起了浓浓的人间烟火。东湖西北方向近在咫尺的喀什高台民居,是烟火味最浓的地方。

在喀什的日子里,这种落日景象我目睹过无数次。但这回不同。这是世纪末最后一轮落日。虽然不断有人提醒,2000 年最后一天才是世纪末最后一天,但人们好像听不见。世界各国,从国家领袖到平民百姓,都不由分说将 1999 年 12 月 31 日当作二十世纪结束日。人类以迫不及待的心情,把一个容纳了无数事件无限血泪的旧世纪送走,跨入一个向往中干干净净的新世纪。新世纪是新千年开端这一点,又将人们的独特心态予以强化。这天的白天和夜晚,人们大都坐在电视机前观看世界各地的朝阳与落日,却不太在意身边的朝阳与落日。这亦算是世纪末奇观吧。

第二天——即 2000 年 1 月 1 日,我早早起床登

纯粹的落日。

向往远方的风景,也不要忽略身边的美好啊。

上东湖东面高地,迎接新世纪第一轮红日。昨夜 11 点左右喀什噶尔绿洲忽然起了大风,今晨却一丝风也没有。新世纪在喀什来得格外平静。早晨 10 点 18 分,圆大鲜红的朝阳从绿洲东方升起来了。在绿洲的这个地方,我无法看见地平线,无法看见朝阳跃出地平线的情景。朝阳从连绵的白杨林中升起,被有枝无叶的冬日银白色白杨切割成一幅风景画。这片白杨林,亦可说就是我眼里的地平线了。太阳如一桶金,泼在新世纪门口。这轮朝阳比中国最东部朝阳晚升起 3 个多小时。这轮朝阳升起之时,整个中国全都醒来了。这轮朝阳,面对雪峰。我回头,便发现慕士塔格雪峰上空,是半轮惨白清晰的月亮。月亮似乎是白天和夜晚对抗与妥协后的果实。月亮永远是一种妥协者面孔。世界是在对抗与妥协中跨入新世纪的。

> 鲜红的朝阳。

朝阳下又是喀什的人间烟火。

整整 1 000 年前,基督教世界有人预言基督将在公元 1000 年(神下凡化身为基督之后一千年)再度降临,届时世界末日到来。在接近公元 1000 年之时,各种大建筑毅然停止修建,人们在等待末日来临。现在很难想象,那时基督教世界的人们,是以何种心情面对第一个千年最后那轮落日,又怎么去面对末日不来,朝阳却照旧顽强升起的新世纪新千年。在我们这个世纪末将临之际,关于人类末日的聒噪仍未绝迹。但人类却不约而同地对新世纪充满信心。人类似乎已做好了某种准备。

> 从落日到达朝阳,时光流转,已从一个世纪走向另一个世纪。

这可能是我最用心观察欣赏的一次落日与朝阳。落日与朝阳都是人间大美。大美无言,万语千言。命运的安排,让我在西域喀什送迎旧世纪落日、新世纪朝阳。十天后,我便离开了工作生活了三年的喀什。我把喀什的落日与朝阳带走了,我把许多风景带走了。正像自然有风景一样,人的灵魂中也是有风景的。心中的风景能够呼应心外的风景,一切才有意义。

> 唯有心中的风景才能永恒。

第三辑 脚趾要自由

9　手握冷兵器的微笑

> 手握冷兵器的微笑,不理会洋总统的微笑,幽默戏谑的开头。

手握冷兵器,面带微笑,阵容整齐,随时准备踢踢跨跨冲锋陷阵。兵马俑的这种气势,曾引逗得美国总统里根禁不住来点领袖式的幽默,他对着俑阵煞有介事挥手喊道:"解——散!"数千兵俑当然无动于衷,比如今患了阿尔茨海默病的里根更加漠然。后来又一位美国总统,用色眯眯的眼球盯着毫无性感可言的兵马俑,也来了一句领袖式幽默:"立正——稍息!"兵马俑不是温热可人的莱温斯基,对洋总统的幽默当然同样不予理会。

这是秦始皇的地下卫戍部队。他们必已受过最严格的训练,洋总统怎奈我何!他们只效忠始皇,保卫始皇。

司马迁在始皇百年之后著书,《史记》中对兵马俑却只字未提,司马迁之前之后其他任何人同样只字未提。由兵马俑在古代不会被当作财富、不会成为盗掘对象这一点可以推知,烧制掩埋兵马俑不会成为绝密行动。——它曾是一件尽人皆知之事。历史对此不予记载这一现象,大约只能如此理解:与建造地宫修筑长城求仙相比,兵马俑实在不值一提,那不过是为秦陵陪葬的陶俑坑而已。1974 年,人民公社一个打井的社员挖出了一具兵俑头,他没有将它捣碎,而是报告了政府。这个沉默两千多年的军阵终于震动了世界。从俑阵上揭露出的平民墓穴及其他洞穴证明，在漫长岁月中，陶俑曾不断被挖出，但不是被捣碎就是被扔在一边。在历史上说不上有什么意义的一件事，而在漫长岁月之后却被人们认为具有了非同寻常的意义。<u>时间把帝国曾经的残暴化为壮美绝伦的艺术。</u>

恢宏俑阵呈现在我眼前。来自世界各地的观光客像循环不息的流水。好在兵马俑不会因站得太久而疲劳。

我从各种角度端详单个兵马俑、数个兵马俑、全体兵马俑，顿感从前读过的某些时文的无谓和虚妄。那些文章每每赞叹兵马俑如何栩栩如生、个性鲜明、各具情态等等，当时就有些纳罕：始皇的士兵怎么会个性鲜明呢？他会率领一支由个性鲜明的士兵组成的军队去攻城略地逐鹿天下？没见过兵马俑，只好存疑。现在看来，说兵马俑栩栩如生是对的，但不是个性鲜明的栩栩如生，而是全体高度一致的栩栩如生。八千兵俑的表情无一不是恭顺服从，且每人脸上皆挂着沉着得不可思议的微笑——手握冷兵器的微笑。如果说有不同，只是恭顺与恭顺的不同，微笑与微笑的不同，是万众一心的声势，是刚强的顺从，是坚定的卑微。——这才是秦始皇的军队。

在俑阵的一侧，几位工作人员正在专注地修复刚刚挖掘出来破成无数碎片的几具兵俑。现在我看清楚了。兵俑都由头颅、躯干、双手、双脚等多部分组成，是分别烧制然后组装起来的。搬下那八千兵俑的头颅，你看见的只能是一具具无心无肺的躯壳。面对这样的军阵，始皇必定会说：这是好的。他只要

第三辑　脚趾要自由

时间会说话。

微笑背后的解读。

193

恭顺与服从,统一与共性,绝不允许他的士兵各怀其志,个性鲜明。对元帅越是恭顺的士兵,对敌人凶残起来越是无所顾忌,越能做到效命疆场,死不旋踵。希特勒的军队如此,东条英机的军队也是如此。一个得势的独裁者会把自己的个性、能力张扬到极致,同时也会把臣民个性、能力泯灭到极致。

> 恭顺,则要泯灭个性。

始皇身后还站着一位可怜的"知识分子"李斯,他与秦朝兴衰有密切关系。天下统一了,李斯意气风发的一面便告终结,饱读诗书不乏韬略智慧的他不得不交出自己的个性,完全以始皇的个性为个性。他投始皇所好,适时提出"焚书坑儒"建议,他知道始皇会说:这是好的。臣民的个性从表面上看是被彻底取消泯灭了,秦朝这架专制大车便毫无羁绊地冲向了悬崖。李斯也成为他为之卖命的专制政权的牺牲品,被夷灭三族。临刑前,他牵着儿子的手,发出"吾欲与若复牵黄犬,俱出上蔡东门逐狡兔,岂可得乎"的千古悲叹。这时,他大约不会明白,既然能让你完全交出个性,那么剥夺掉你性命就是轻而易举之事。

> 李斯把自己活成了一个没有个性的"俑"。

始皇——开始的皇帝。他要求一切从我开始,尽善尽美的世界从我开始。焚书坑儒就是要清除所有已有的思想和记忆,因为已有的思想记忆是产生新思想新记忆的温床。他要把以往历史变成白纸,写他向往中的最新最美的文字。曾有诗人手舞足蹈地高歌:时间开始了!他肯定以为这是一句很厉害的诗。他想不到,新开始的时间马上把他无情地排除了。等允许他回到时间里来的时候,他已经神志不清了。

我们看见了始皇留在大地上的一个又一个符

号。长城是表明他统治范围的符号,秦陵(兵马俑是其组成部分)是指明其自身巨大存在的符号。这些符号企图指明的显然是:即使我不在人间了,我仍是人间最重要的事物,是产生一切事件的事物。

迈出兵马俑展览馆大门,跃入八月的阳光里,再回望一眼庞大的俑阵,再品味一下那手握冷兵器的微笑,那无与伦比的气势最终彻底震撼了我。那恭顺的俑阵正以排山倒海之势,雷霆万钧之力冲杀过来。——千千万万人的恭顺实在是一件可怕的事情。

在去过兵马俑之后不久,我便从媒体上得知洋总统的又一次幽默。心里想:为什么总是这个世界头号强国总统来此制造近似的拙劣的幽默?——人家有幽默的底气呀。这幽默是当今那个强大国家头顶上冒出的一点热气呀。很难想象,一个弱小国家的国王或总统,面对秦始皇的部队会从容自如地来一下那种大国领袖式的幽默。我想,他们一定很聪明地意识到自己是没有那种"幽默权"的。从生活中任何一个微小角落到广大国际舞台,往往是强者率先表达"幽默"。国家的力量就是国家的性格,就是国家领袖的性格,就是国家领袖的面孔和脾气,甚至就是国家领袖的欲望。秦始皇明白这一点比洋总统要早得多。这样说来,洋总统的幽默与导弹的滋味并非绝无联系。

秦始皇,暴君秦始皇,伟大的秦始皇,在你弃世2 200年后,一个中国小民来到你庞大陵园的一角,他只感到被压迫得透不过气来,而人家却可以轻松地来上一句:解——散!

此时此刻,时间不说话。

洋总统的幽默与秦始皇的认知,相形见绌。

第三辑 脚趾要自由

195

10 我的丝路

> 我的丝路，留下自由行走的一串串文化的脚印。

始皇陵上

西安被当作丝绸之路的东部起点。我的丝路游荡即从西安迈出第一步。

秦汉之际，华夏文明以西安以中原为中心形成一个巨大的茧壳，丝路就以这个巨茧为后盾，向西延伸，一直延伸到中亚，西亚，欧洲。丝路这根丝是从西安抽出来的。是从西安哪个部位抽出来的呢？——是从始皇陵上抽出来的。没有始皇奠定的统一大业，丝路不可能在公元前2世纪打通。

> 权力和欲望的象征。

我现在就站在始皇陵上。2 200年前，这里是人世间最不自由的土地，而今我却可以自由地踏过它们。

> 能够在人世间曾经最不自由的土地上自由地踏过，最关键的是站在不同的时间节点。

这是世上凭人工堆砌的最高土陵。土性永远是谦逊的，它们丝毫不以能成为中国第一陵而自豪，相反，从陵筑成的第一天起它们就低头弯腰一个劲地往下走，它们似乎一定要走回它们原来的地方。据记载，始皇陵原高50丈（约折合115米），现测得陵高55米。算一道简单算术题就可得知，平均一年下降速度竟达3厘米。这多少有点令人惊讶。照此下去，再过2 000年，始皇陵就会夷为平地。如没有人工干涉，一定会的。

似乎自然和人间的一切力量都在与始皇作对。

我于初秋登上始皇陵，但见遍陵通红的石榴开口而笑。石榴植于人民公社时期，现在则由始皇陵附近村民分片承包。红绿相间的石榴树从陵外沃野牵牵连连一直生长到陵的最高处，卖石榴的村民也由陵底一字儿摆到陵顶。他们在始皇头顶上种石榴卖石榴，造成一派热闹景象，全然不顾脚底下寂寞千载的始皇大帝。

在始皇陵，在兵马俑博物馆，面对举世无双的遗迹，想象那历史上曾有的宏大场景、曾有的悲惨和苦难，你只能承认：始皇是历史上贪欲最深又最能满足贪欲的男人。

<u>始皇 13 岁登基，22 岁亲政，39 岁统一天下，50 岁暴死于巡游途中，以半个世纪长的生命决定了 20 多个世纪的历史趋向。他死去之后的每页历史都与他相关。</u>

令人难以置信的是，始皇 13 岁登基即开始为自己掘墓，掘了 37 年，直到他死时尚未完全竣工，比埃及胡夫金字塔建造时间还长 8 年，动用人数也远远超出建造胡夫金字塔的人数。处在人生蒙昧阶段的少年始皇，面对将要埋掉自己的大坑，面对数万乃至几十万（最高时达 72 万）筑陵大军，他想到了什么？13 岁的人不可能有清晰的理性，他也想不明白死亡是怎么一回事。但是他不用思考就能明白的问题大约是：我是人世间最重要的一个人；除我之外，其他人都不过是些泥土和虫子。少年始皇有肥沃的土壤可以生长贪欲。

亦是时间的力量。

决定 20 多个世纪的历史趋向的人，过去与未来都与自己有关。

可见其伟大。

统一天下后的始皇正当生命的盛年,他有声有色地导演推动着三大运动:修长城运动、造陵运动、成仙运动。每一种运动都登峰造极、空前绝后。今天,我们把各种光环加到始皇头上,其实,推求始皇的动机,他想的不过是:修长城保卫自己的坟、祖先的坟、子子孙孙的坟,保卫税收,将家业一代一代传下去;造巨陵是为了与千古一帝身份相称;人世的荣华富贵不过如此了,只有成仙才能进入无痛苦无疾病无死亡却有完全彻底享乐的境界。他一面督促着长城、皇陵的修造,一面热火朝天地追求成仙。他派出一批又一批方士寻找仙药,并因此杀掉了许多不能自圆其说的方士。他送徐福率领的寻觅仙药的大队人马一直送到成山头(今山东半岛成山角),眼睁睁地看着楼船消失于万顷烟波之中。做了皇帝想成仙。成仙是始皇最后和最高的欲望。可是这样的欲望注定要落空。正是人性中的贪欲拨弄着这些已达权力顶峰的人。

　　始皇以为他与神仙已经有了某种联系。作为人间的帝王,"功盖五帝,泽及牛马",虽然目前还不是神仙,但也只比神仙低一个等级,对一般小神也敢加以蔑视。始皇出游到洞庭,遇大风,无法渡水,他以为这是湘水神戏弄他。他不是震慑于超自然力,而是一怒之下,派3 000刑徒将湘山上的树砍个精光。——"小神,竟敢与我作对,给你点颜色瞧瞧!"这是他与超自然力量的交流方式。这真是始皇才有的气度和幽默。

　　在司马迁笔下,始皇面对世界始终是一种咄咄逼人的姿态,一直到死。他的暴死形成统治权力上的巨大落差,王朝立即分崩离析,子孙被杀戮净尽,家族遭受灭顶之灾,真可说是惨绝人寰。对照一下始皇的理想,这该是一个多么彻底的人生悲剧。但历史却评价始皇具有无与伦比的伟大。我不禁这样想:

伟人是创造历史的动物;

秦始皇是历史中的恐龙。

从始皇陵的这一面登上去,从另一面走下来。红石榴开口而笑,卖石榴者亦朝你开口而笑。我嚼着石榴子朝陵外走去,忽然想到,人们为了验证《史记》中记载的始皇陵地宫中"以水银为百川江河大海"的说法,对陵土做了检测,发现陵中部黄土汞含量是陵外黄土汞含量的 8 倍,证明司马迁所言不虚。那么,我手中的石榴其汞含量该会超标吧?吃了会不会得汞中毒呢?念及此,不禁哑然失笑。<u>作为中国人,中点秦始皇的毒实在情有可原。</u>

> 哪一个深深浸润在中华大地上的中国人没有受其影响呢?

信天游

鸡娃子叫来狗娃子咬。

千里的雷声万里的闪。

白羊肚手巾红腰带……

> 人性。

在陕北游荡,我的耳旁仿佛老是萦绕着那种旋律——信天游的旋律。信天游,多么好的名字!如此简单的形式,盛着人间最质朴最感人的内容。"五谷子,田苗子,数上高粱高,一十三省的囡女,数上蓝花花好。"有比这更纯更具感染力的语言吗?

> 生活在产生信天游的土地上的村妇村夫竟不知信天游。

> 先设一悬疑。

> 生活水平提高了,乡土文化就可以被抛下了吗?

在产生了信天游的土地上,我深深地忆念着我读过听过的那些信天游。是信天游最早培养了我对这片土地的向往之情。但在黄土高原游荡期间,我没听见一句信天游,没得到一点关于信天游的信息。那些村妇村夫,或默默劳作于田间,或匆匆行走于路上,好像多少辈子就是如此。我借口找水喝,来到了一排破旧的窑洞前,闲谈间,有意问起信天游,他们连这个概念都不知道。我说:"村里有没有人会唱'酸曲'?"他们都有点兴奋,说过去有人唱,现在生活水平提高了,没人唱了。陕北人把情歌叫"酸曲",信天游其实绝大部分就是酸曲。"青草开花一寸高,唱上个酸曲解心焦。"有一首信天游就是这样开头的。

信天游时代过去了,但那是多么好的语言之花呀!

羊羔羔吃奶双膝跪,
楼上亲人没瞌睡。

一对母鸽朝南飞,
泼上奴命跟你睡。

你是哥哥的命蛋蛋,
搂在怀里打颤颤。

满天星星没月亮,
叫声哥哥穿衣裳。

满天星星没月亮,

> 小心踩在狗身上。
> ……

文学在朴实的人心里,在有着正常人欲的人心里,在深厚的黄土里。我们为什么说不出这么好的话？我想,这些酸曲的创作者、歌者必定是些旷夫怨女。由酸曲都由男子吟唱又可推知,这都是男子的幻想。他们大约很难体验到歌中所描绘的幸福生活。旧时代青年男女偷情,要冒多大的险可想而知。正是因为难以得到,在幻想中才分外美好,连哥哥偷情后翻墙逃走的细节都想好了——这当然是"哥哥"自己幻想的。沉溺于声色犬马中的人绝不会吟出这种酸曲。正是建立在普遍压抑的基础上,对性爱的幻想咏叹才格外动人。压抑越深重,叹息越真诚,正所谓"唱个酸曲解心焦"。

> 叫一声哥哥你走呀,
> 留下妹妹谁搂呀!

声气口吻如在眼前。上面所录信天游,全部出自诗人何其芳 1945 年在延安窑洞编选的《陕北民谣选》。半个世纪或更早前曾在这片土地上唱酸曲的人啊,你们都到哪儿去了？哪片黄土收留了你们？你们有过歌中所吟唱的生活吗？谁是那没有枉活一生的人啊？

信天游时代过去了,我也该结束在陕北大地的游荡了。幽深的河西走廊在等待着我。

第三辑 脚趾要自由

从黄土地生长出来的朴实的酸曲,竟然没有走进新时代,本应该活在时间里的酸曲却也走进了历史。叹叹!

饮马长城窟

黄河与长城是丝路上的两只巨兽,它们总是时隐时现。长城比黄河走得更野更远。

饮马长城窟,
水寒伤马骨。
——陈琳《饮马长城窟行》

你听,长城和马骨在互相敲打。

长城一开始就是一种巨大存在。古人,今人,见过它的人,没见过它的人,都不会忽视这一存在。陈琳说:长城把人心冻透了,把马骨也冻透了。读陈琳《饮马长城窟行》,这匹马一下子站在了我的心头。它应是马中的战士,长得瘦硬有骨气。应当是这样的。来到长城边上的马,必定已吃尽了苦头,它用坚硬的骨头敲打着长城,直到把自己的骨头敲碎。

长城一开始就是边塞,它遥远冷硬,它不讲道理,但它影响乃至决定着众多人的生活与心理。你赞美它骂它恨它,却不会比掠过它的一阵风、照在它身上的一缕阳光更有意义。它显然比你更巨大更长久。再硬的骨头都要在它身边烂掉。

中国北方边塞由秦始皇划定了草稿,标志就是长城。秦始皇使尽全力划了这条线,然后对线内的人说:你们好好在里面待着,给我纳税。对线外的人说:你们不要进来,不要来抢我的东西。面对这么广阔的山河,秦始皇有点手足无措,他还想不出更好的办法来保卫他的家产。1950年博尔赫斯在地球另一面的布宜诺斯艾利斯说:"秦始皇为他的帝国修长城,也许他知道他的帝国不牢固……"(博尔赫斯《长城和书》)这个把自己的一生埋在书堆里的博尔赫斯,隔着两千多年岁月,隔着数万里,隔着人种语言和文化,没到过中国,没见过长城,却能说出中国人说不出或不愿说出的话。1917年卡夫卡创作了小说《万里长城建造时》,他让主人公去为秦始皇修长城,修着修着主人公便这样说话:"我们——我在这里是以许多人的名义说话——实际上是在——研究了最高领导的命令之后才认识自己本身的,并且发现,没有上级的领导,无论是学校教的知识还是人类的理智,对于伟大整体中人们占有的小小的职务是不够用的。在上司的办公室里——它在何处,谁在那里,我问过的人中,过去和现在都没有人知道——人类的一切思想和愿望都在转动,而一切人类的目标和成功都在向相反的方向转动。但透过窗子,神的世界的光辉正降落在上司的手所描画的那些计划之上。"两千年前,修长城者是这样思考着在干活吗?卡夫卡真是荒诞。我总感到他是在攻击我们从前或今天的幸福生活。我只好这样理解卡夫卡的意思:卡夫卡是在说秦始皇不但建造物质长城,还建造了精神长城,秦始皇在为他建造物质长城的人们的心头,首先建造了精神长城。秦始皇要把臣民的大脑,锻造得像一块块长城砖、一个个方块字一样整齐,于是他把儒生杀掉,把书烧掉。他把世界简化浓缩为一间办公室,一个大脑。可是,修整人的大脑却不像修整一段城墙一样容易。

第三辑 脚趾要自由

自由自在,行动的自由。

饮马长城窟，水寒伤马骨。来到长城边的人总是感到冷，从心里往外冷。没有来自最高当局办公室的命令，谁愿意到长城边来呢？在漫长的岁月之后，在众多马骨和人骨烂掉之后，我侥幸生存在这样一个时代，可以不管任何命令，自由地来到长城。由东至西，我去过山海关、八达岭、嘉峪关，这些地方的长城已被人们修整成赚钱的道具，美则美矣，却失了长城的真味。有真味的是荒郊野岭的断壁残垣，戈壁荒漠中的台、墩、烽、燧。我一次又一次跑到那样的地方。在那样的地方，一个人静静地待一会儿，听一听风声、虫声、树叶声、草叶声，我不再感到冷。天若冷了，我就设法让自己暖和一点，不像那一匹毫无办法的马。

月牙泉之夜

对夜的感悟。

敦煌与沿海有一个多小时的时差，晚上9点，天才完全黑尽。游人大都散去了，只有月牙泉正东沙峦上还有数人，他们在说笑，或对着夜空狂野吼叫。但他们已不能改变月牙泉边的沉寂了。

外在寂寥，内心丰盈。

谁也不知道，还有一个人留在月牙泉边。他不说不笑更不吼叫，他没有制造任何声音的欲望。此时，他心里已充满了各种声音，那是自己对自己的细语。他在泉边坐一会儿，又起来走一会儿。星辰渐次涌现。沙峦朦胧浮空。映着星光的月牙泉，显得格外幽暗沉静。面对这样的天空和大地，他心里充满了感动。

这回，我算是真正遇到了有趣的地点和时刻。

> 第三辑 脚趾要自由

对面沙峦上的人声不知何时没有了,夜深了,他们也走了。为了保护环境,鸣沙山、月牙泉一带不许经营食宿,现在,我可以确信,这一片天地中,只有我一名游客了。夜深了,我也该回去了。我已在敦煌城里定了一个床位。可是,我不想走。我决定在月牙泉边过一夜。野兽是不会有的。野兽最害怕的就是我们这些两脚怪物。两脚怪物的影子一闪,野兽就会跑得无影无踪。世上仅存的野兽都跑到看不到两脚怪物的地方去了。万一有野兽到来,我要考虑的是怎样才不会把它们吓跑。在漫漫长旅中,需要提防的往往是人中禽兽。令我放心的是,他们大都在闹市"工作",不会跑到这儿来。即使万一跑到这儿来,看到我一人躺在月牙泉边,他一定以为此人必身怀绝技。好了,现在我有充分时间享受这个夜晚了。我环月牙泉一周,想尽量准确地知道月牙泉大小。1997年8月23日夜,经我实地步测,月牙泉长280步,约折合210米。它的宽度我无法用步伐测量,凭目测,它的最宽处——月牙的腰部约有20米。月牙泉里竟有蛙鸣,有三两只青蛙在叫。这是此时此刻天地间唯一的声音了。我知道月牙泉从前比现在大多了,曾有泉水涌出。那时候,外面的青蛙能走到这里来,这里的青蛙也可以走出去。现在,这几只青蛙只能与月牙泉共存亡了。

我事先没做任何露宿准备,这无边细沙就是大地为我预备的席梦思了。我找一个和缓的坡,堆沙为枕,和衣而卧。我该睡一觉了,这一天够累的。月牙泉古称"渥洼池",传说是武帝捕获天马的地方。现在,大地上野马都没有了,更不用说天马了。身边

> 欲行则行,欲宿则宿,自由自在。然亦需极大的胆识与魄力。

沙上有一阵阵窸窸窣窣的声音,估计是"漠虎"(沙漠地区的一种四脚蛇),白天我见很多漠虎流窜于沙峦之间。我面对天空躺着,身体很疲劳,大脑却格外清醒。这是多么纯粹的天空啊!沙漠地区的天空,不只万里无云,连空气里都绝少水分。星真多呀!银河那么宽那么长!除了在喀什噶尔绿洲,我在世上其他任何地方的夜晚都没见过这么多星。好像宇宙中的星全都出来集合了。在沙漠地区,即使在夜晚,你也能看见天空那蔚蓝深邃的底色。高远得不可思议的星空,把你的灵魂引得很远很远。这时,如果有一匹天马从银河飘然而下,我不会感到多么奇怪。

夜空之美。

这样的星空不能不令人敬畏。老年毛姆在70岁生日时写道:"当我想到茫茫宇宙,想到无数星辰和以千千万万光年计算的空间,我不胜畏惧。"我眼中星辰已是无限多,可这只是宇宙星辰中微不足道的一部分,就好像我手掌上沾的几粒沙比之于沙漠。地球在宇宙中是更加微小的沙粒,多一粒或少一粒,对沙漠有什么意义吗?想一想,真是令人畏惧。我又想起了康德的名言:"有两样东西,我们对之思考得越是深入和持久,它们所唤起的赞叹和敬畏就越会充满我们的心灵。那就是我们头顶上的星空和我们心中的道德律令。"从前,我能感受到康德话中的崇高,但对他把这两者并列还是不甚了然。现在我似乎明白了。

夜空之思。

微风在沙峦间游荡,悄悄搬运着空气和沙粒。大块噫气,其名曰风。一点浩然气,千里快哉风。现在,只有风在游戏。面对这样的星空和大地,我想:真该有一匹天马从银河里飘然而下。这样想着,我

时间会说话

便沉沉睡去了。我身下的沙在持久地散发着白天蓄积的热量。今夜我怀沙而眠。今夜,谁有我这么宽大的床榻?

一觉醒来,恍如隔世。宏大星空不见了,但见一轮硕大苍白的月亮悬在沙峦上空。我在睡梦中时,宇宙已悄悄更换了面孔。我看见了那样的景象:皓月之下的沙峦、月牙泉、天空。不用多说,夜风更凉了。今生今世再也不会找到比现在更有意味的时刻来念叨那首有名的敦煌曲子词了:

> 天上月,
> 遥望似一团银。
> 夜久更阑风渐紧,
> 为奴吹散月边云,
> 照见负心人。

自古至今,为失恋而深情吟唱的往往是女人。此时此刻,月亮这张脸,怎么看都像个失意的女子。

时间是凌晨4点半,离天亮还有一个小时。我睡前最后一次看表是零时多一点。我睡了约四小时。沙漠地区昼夜温差大,此时月牙泉边已是凉气袭人。估计温度在摄氏20°左右。我没做任何在沙漠里过夜的物质准备,但我早就有了心理准备,我知道下半夜是会很凉的。我又感受到了月牙泉冷、清、静的一面。

天快亮了,大漠红日就要升起了。

一轮圆大鲜红的太阳,车轱辘似的,沿东部鸣沙山柔和的弧度滚上来滚上来,滚到山顶时,面对亘古

时间在推移。

时间,还是时间。

常新的大地山河,粲然一笑。

我离开月牙泉,向鸣沙山外走去。新的一天里,最早的游客,向鸣沙山、月牙泉走来。

嘉峪关

> 一个王朝的雄壮与怯懦。

在嘉峪关外大戈壁游荡一日,不见一个人影,我终于获得了浪迹天涯的感觉。

三天前,我尚在武威市北约20公里一个名叫长城乡的乡里,观蜿蜒于腾格里沙漠的长城。那里的长城既不威武又不壮观,残破土墙而已。这其实正是大部分地带长城的真貌。山海关、八达岭那种长城是统帅长城的长城,是万里长城的最高长官,是成了精的长城,仅在那个地方存在。不论是像样的还是不像样的长城,都有一个共同点:它们全都在城市、乡村、绿洲、水草的北面。把好地方圈进来,把坏地方圈出去,长城就体现了这样的功利目的。观长城在大地上颇为优美地行进,你会想到古人生存竞争是多么激烈,又多么具体。

> 长城之功利。

长城是帝国的一条警戒线。鬣狗用尿液宣布它的领地范围,我们使用的是砖、泥土和方块字。它曾是一件不得不制造不得不使用的工具。它曾经因有用而存在,现在它却因无用而伟大。

嘉峪关是长城西部统帅。这是指明长城而言。汉长城远达罗布泊,烽燧则延伸得更远。明之前的元朝,江山广大到可以说是无限的地步,这条警戒线毫无用处。成吉思汗将马鞭指到哪里,哪里就是他的领地。马鞭可比长城有弹性多了。明皇帝大概感

第三辑 脚趾要自由

到自己的"尿液"不太够用,便由西往东狠狠地撤退,一直撤退到阳关、玉门关以东的酒泉郡一带。嘉峪关就紧傍酒泉郡。

我到达嘉峪关市时已是夜幕四合,便就近宿于车站旅馆。单称嘉峪关,就是指旅游景区长城古要塞嘉峪关。嘉峪关市则是因关设市,据说是全国最小的地级市。大戈壁上的新兴小城,街道宽阔笔直,环境安静整洁,几乎见不到行人。想不到嘉峪关一带秋天就会这么冷。早晨起来,一走出房间就感到冷气砭骨。被深层次地冻了一顿,才明白什么叫衣着单薄。我登上高处观戈壁日出。太阳出来了,气温在一点一点回升。嘉峪关在城西约6公里远的地方。我决定步行走这一段路。在旅途中,根据时间安排和距离远近,能选择步行时,我总是步行。好在我的脚总是听我的指挥,没有来自其他任何人的干扰。把脚印印在一些有意思的地方,这是很有意思的一件事。

步行约一小时,穿过一段戈壁,就来到了嘉峪关。嘉峪关设在河西走廊最狭窄的地方,关南关北皆峰峦绵亘,中间是仅仅15公里的开阔地,嘉峪关稳居正中。它向北伸出一条胳膊,向南又伸出一条胳膊,把这片开阔地牢牢扼住。进入嘉峪关和遥望嘉峪关,感受完全不同。由东门入关,穿过一道又一道门,来到最后一道门:出关之门。这是对自东而来的人而言,对自西而来的人则正好相反,这是入关。关门之处,就是西域。明朝就用这样一扇狭小坚固的门,面对一个庞大苍茫的世界。嘉峪关内城中有城,院中套院。在迷宫一样的关内穿来穿去,我联想

脚趾要自由。

209

到故宫。一个是军事堡垒,一个是权力堡垒,作用不一样,却有相似的形制和结构,只是嘉峪关规模要小得多。实际上它们都能体现出威慑震压之意,它们保卫的是同一样东西。

出关之后的我,向西望去,一个人影都不见,只有大地山河静静地摆在那儿。嘉峪关伸出的两臂现在只能抱住我一人。大地如此坦荡,一切都历历在目。关南是它的左臂。这条胳膊至今较为完整。西部交通大动脉甘新公路(312国道)、兰新铁路并行穿臂而过。这条7.5公里长的胳膊上,尚有数个高耸的烽墩。有"万里长城第一墩"之称的那个墩,就在胳膊终端,也就是它的手掌部位。"第一墩"远远地向我招手。我很想就近看看终端是什么样。来嘉峪关的观景客,在关内溜达溜达,照张证明到此一游的相片就走了,不见有人到长城终端去。到那儿也没有车没有路,戈壁滩就是路。我放松心情,开始在大戈壁上漫步。走到第一墩北面那个墩(我称它是万里长城第二墩)时,我有心测量一下两墩之间的距离。一步一步地往下数,数到2 648步时,第一墩到了。我的2 648步约折合1 986米,即万里长城第一墩、第二墩之间距离约为2公里。这比其他地方烽墩之间的距离要近得多。军事要塞,烽墩自然要密集一些。

第一墩残高约7.5米。走到墩背面,陡然发现一条形态怪异的河。

在离它几步远之前,看不到将要到达一条河流的任何迹象,它忽然就出现在我的眼前。平生第一次遇到这一景象。它直接在戈壁滩下切而成,河床深得怕人，我从没见过那么深的河床。查地图得知，河名"讨赖"，这应当是某个民族语言的音译。第一墩就立在讨赖河陡直的河岸上，与河岸连成一体。我探视了一下这条可怕的河。看上去水流不大，水声隐隐可闻。我往上游走了走，沿着一条人工修成的斜坡，下到河底。在河底，这条河的怪异形态更加突出。河身狭窄，看样子宽度只有 20 米左右。而河岸高度，凭目测估计当有七八十米。岸的高度竟远远超出河的宽度。后来，查资料得知，第一墩耸立处的河岸高度是 82 米。岸顶与河床之间绝无坡度，直上直下，有些地方还向两边凹进。崖壁就是由组成戈壁滩的那种土石混合物构成，并非岩石。我奇怪这样的河岸竟不会倾倒。这不是河岸，而是悬崖。这也不是河，而是大地上的深洞，只是洞顶坍塌了。在河底仰望，第一墩如嘉峪关砸在讨赖河岸的一只巨拳。在这样的河底，我很快产生了恐惧感。我急忙装上一瓶水，循原路爬了上来。水略带些沙漠风尘，但可以饮用。讨赖河在这儿成了长城的一部分，并且是极为重要的一部分。由嘉峪关至讨赖河这 7.5 公里全是坦荡如砥的大戈壁。一过讨赖河南岸，大地迅速抬升，形成高地和峰峦。再往南，200 公里外的祁连雪峰在熠熠闪光。

明长城在这里画句号是合适的。长城总是这样借山河之势来完成自己，长城就是在山河大地上做文章。

从上午 8 点到下午 4 点，一直在戈壁滩上游荡，我看见火车开过去开过来，载货汽车开过来开过去，但自始至终不见一个人影。我好生奇怪。这里离城

第三辑 脚趾要自由

211

市、离嘉峪关都不远,怎么会一个人都没有呢?唉,大约只有疯子,才会到这寸草不生的戈壁滩上游荡呢。已经步行了几十里地,还要步行着回去。我悠悠哒哒地往回走着,想到吊儿郎当这个词。

一列火车开过来了。这个哼哼哧哧动静不小的家伙,一到大戈壁就感到没有再张牙舞爪的必要,它无声无息像个虫子似的努力往前爬。路太长了,爬完那些路要用好长时间,再说,路上遇到的事物全都比它更为巨大。火车穿过长城的这条胳膊时,黑绿车身与灰黄城墙形成一个大十字。我一时惊悚至极。

遥望嘉峪关,远不是雄伟气势了,倒像孩子们摆在那儿的积木。说它是趴在戈壁上的一只龟可能更合适一些。它趴在那儿,不动声色,即使杀机暗藏,却总是处于龟缩状态。秦汉长城都是由东往西建,越建越远,唯明长城是由西往东建,越建越近。明长城是先有嘉峪关(公元 1372 年设关),后有山海关(公元 1382 年设关)。明皇帝其实就是一只只缩头乌龟。明皇帝太不吊儿郎当了。

慕士塔格

在新疆,不论去哪儿,我都是从喀什出发。

喀什地区最南端是塔什库尔干塔吉克族自治县(简称塔县),面积 5 万多平方公里,人口不足 3 万。塔吉克族是中国境内唯一欧罗巴人种。塔县位于帕米尔高原。从喀什出发经塔县城到达与巴基斯坦接壤的红其拉甫口岸有四百多公里,每公里海拔升高 7 米。在奔驰的汽车里,面对大地高天,山河表里,你

吊儿郎当,是不是也是一种自由呢?

穿越长城。

明皇帝的"太不吊儿郎当"与我的"吊儿郎当"相比,孰高孰下?

纯粹的自然,纯粹的人性。

先介绍喀什地区的地理。

清楚地感到你的躯体被一点一点抬升。

出喀什城南去,很快就离开绿洲进入戈壁滩。接着进入盖孜峡谷。唐朝大将高仙芝、高僧玄奘等都曾穿越过这条峡谷。你似乎在接近世界的边缘。在喀什城抬头即见的慕士塔格峰,随着道路的变化时隐时现。但它那严峻优美的面孔,无疑在一步步向你逼近。雪峰是数百公里范围内的制高点,一切都在它俯视之下。雪峰之外,是其他一些高高低低形态怪异的峰峦,它们变幻的颜色会给你强烈的刺激。眼前的山是褐黄的,走着走着就变成了苍白的,再走又成了黑红的。有一片面积广大通体鲜红的峰峦令我惊叹不已。人们把吐鲁番一带的一些略显红色的峰峦附会为与玄奘取经有关的火焰山,而这里的山才更像火焰山。火焰山的确应当在这里。你看,火刚刚熄灭,有些地方似还隐匿着活火。

这里好似是上帝的草稿,一块块骨头都安排好了,但血肉皮毛却忘了长。大地的骨头裸露着,大自然在向你呈现它的原版。人们常用芳草萋萋形容荒凉,而在这里的峰峦上你却找不到一棵树一棵草。在新疆南部大地上行走,芳草萋萋的地方那可是繁华世界呀。盖孜峡谷在这样的峰峦间穿行。道路是凶险的,许多地方深深凹进岩壁,成了巨岩盖顶的走廊。盖孜河就紧傍着凶险的道路。

走了大半天,仍然在慕士塔格峰的视野里,上路前它看着你,在路上它看着你,到了跟前它看着你,你走远了它还看着你。车从慕士塔格身边走过。我们急着赶路,顾不上停留。

离开安静的塔县县城,沿中巴公路继续南去。

第三辑　脚趾要自由

从低处看"冰川之父"慕士塔格。

一提慕士塔格,一笔带过。

逼近,是距离的接近,印象的加深,还是震撼的加剧,抑或是兼而有之?

比喻贴切新颖,写出了自然的原始样貌,粗犷、纯粹。

二提慕士塔格,匆匆掠过。

213

好像是忽然之间,在完全无知的情况下,一下子就进入了大自然的深闺洞府。这里离全世界海拔最高的口岸红其拉甫,还有100多公里。好像为了与盖孜峡谷对比,大自然在这里安排了一条绿色走廊。在两面峰峦的夹峙下,狭窄却平坦的山谷里黄花照眼,绿草芊芊。你的心眼为之一亮。有着金黄色皮毛的旱獭越来越多,它们都蹲在山坡上自家门口观景。距离这样近,你甚至能看清它们眼睛的转动。它们对从身边飞驰而过的大家伙毫不畏惧,但当大家伙停下,从里面钻出小家伙,它们便倏地缩进洞里。它们早就知道大家伙不可怕,小家伙很可怕。

> 自大的人类在动物眼中不过是可怕的"小家伙"罢了。

在这样美好纯洁的地方,一条河流奔跑着来到了路边。它的好心情一望而知。我跑了这么遥远的路程,终于摆脱掉大自然被亵渎的部分。最不辜负大自然美好的事物一定是那些河流,在美好的地方河流不会不美好。山水不只有情也有义有节啊。它是塔什库尔干河。这大约是世上最为清澈的河流。它来自雪山,它刚刚上路,它是从天堂下来的,它一尘不染。我终于阅读到了大自然的原典。它是残存的大自然原典中的一节。很不幸,大自然原典已经消逝殆尽了。

> 以排比极言河流的鲜活、圣洁。

这条河把我送到红其拉甫。一天的时间,400公里路程,海拔从1 000多米上升到5 000米。几名士兵分别站在自己国家的那边。他们站在雪峰之下,站在积雪边上,站在5 000米海拔线上。偶尔有货车或客车从这儿通过。现在是夏天,温度却在零度以下,没有鸟,没有花。这就是国与国之间的一段界限。在巴基斯坦士兵的注视并允许下,我往人家的国土那边走了十几步,那个地方有雪,我抓了一把雪,这就是另一个国家的雪了。

第二天,返回的路上,特意到慕士塔格峰下停留。雪峰北麓有一个高山湖,名卡拉力湖。它有蓝墨水一样深邃的颜色。卡湖是慕士塔格的镜子。望一眼湖中雪峰的倒影,人的灵魂就掉了进去。在颠簸的汽车里,我感到慕士塔格峰一直没有确定的面孔,我以为那是因为人在行走的缘故。现在我停下了,我站在了它的身边,它近在眼前,却又似远在天边。你看着看着它就变了。它是那样巨大的事物,人这么小,怎么会看清它呢。它的雪层冰川有几百米厚,那些冰雪是有历史的。雪山上有什么事情发生呢,大约只有阳光不停地在那儿攀登吧。雪山把天空照亮了。据说,慕士塔格的准确意思是"冰山神父"。是啊,在这方圆几百公里上千公里内,人们不崇拜它,崇拜谁呢。

慕士塔格大气沉静地站在那儿,站在有"万山之源"之称的帕米尔高原上。它是这样一件大器,使得它周围的事物不得不都对它做出避让之态。大自然在向你呈现它的原版。雪峰布置起一个静谧而隆重庄严的大自然教堂,不动声色地表达它的慈悲,宣示它的原教旨。

在中国西域,你能领受极致的雪峰之美、地理之美。

这儿很安静。卡湖边只有几个人,几头骆驼,几匹马,几个帐篷。空气忽然之间有了某种变化,好像有什么事情要发生。几片云在天空迅速移动,一阵风又一阵风,骆驼把头扭向一边,帐篷啪啪作响,湖

第三辑 脚趾要自由

三提慕士塔格,经前文的蓄力,开始集中对慕士塔格展开描写。

在原汁原味亘古永恒的雄伟的自然面前,从属于自然的人类唯有崇拜。

> 在纯粹的自然中，人也自然融为自然的一部分，纯粹而自然。

面动荡不已。一名塔吉克汉子骑着毛驴，率领着好几头毛驴向这边走来。驴被风刮得一歪一歪。一头毛驴忽然大叫了起来。另几头也跟着叫起来。慕士塔格峰下一时驴鸣阵阵。勤奋的驴子，在这样的地方，你们深情呼唤什么，你们对这高天大地有什么意见要发表呢？真该发生点什么事情了。这儿太适合大鸣大放了。赶快叫吧。我不能自已地模仿驴鸣大叫了起来。

咴哈——咴哈——咴哈——咴——咴——哈——

真驴鸣加上假驴鸣在慕士塔格峰下回荡。骑驴的汉子，帐篷边的塔吉克妇女，牵马的塔吉克儿童，一齐对着我笑了起来。

> 人性也该自然而然。

我一生就学了这一回驴叫。我常常回味这次大鸣大放的经历。当时纯是自然而然。后来，在别的地方，驴鸣声从身边骤然而起的情况又有很多次，我却再也没有作一次驴鸣的可能。我想起《世说新语》中那件轶事：王粲喜欢学驴叫。王粲死了，曹丕与王粲的昔日同游一起去吊唁。曹丕倡议道：王粲生前喜欢学驴叫，诸位就各自学一声驴叫来为他送行吧。于是，墓地上就传出一阵驴鸣。曹氏父子可算皇权史上最有趣的帝王。带头学驴叫时的曹丕，人性表达得差不多像驴子一样自然而然了。

> 文字也该自然而然。
>
> 慕士塔格之旅是一趟回归真实之旅。

笔下的文字能像驴鸣一样自然就好了。

慕士塔格，我在你身边真实地叫了一回。

单元链接

自然大地是一首诗。自由行走，捧读山川，收获的是人生的启迪。

我们还可以读一读刘亮程《在新疆》(春风文艺出版社 2016 年版)，李娟《遥远的向日葵地》(花城出版社 2017 年版)，毕淑敏《带上灵魂去旅行》(北京十月文艺出版社 2021 年版)，王充闾《春宽梦窄》(东方出版中心 2018 年版)。